The Hippocratic Melancholy

中山七里

希波克拉底的憂鬱

沒有人比屍體更多話。

——中山七里

目錄

chapter

1

摔

1

「大家——！謝謝你們來到AAYU的春季演唱會！」

唱完開場曲的佐倉亞由美從舞台上向觀眾大喊。

「AAYU！」

「AAYU！」

埼玉超級競技場幾乎滿座的觀眾以呼喊回應亞由美，舞台底部隨之微微震動。震動的大小，與人氣的高低直接成正比。

「今天，正好是AAYU出道三週年——！」

「喔喔喔——！」

「恭禧——！」

「三年前的出道演唱會——，來了十五個觀眾——。現在——，有這麼多人來看AAYU——，AAYU是全世界最幸福的人——！」

演唱會模式的埼玉超級競技場約可容納三萬六千五百名觀眾，今天的演唱會大約九成滿，估計吸引了三萬二千人。

出道三年能吸引這麼多的觀眾，意義非凡。日本每年有約二千名偶像出道，幾乎全數會在兩年內消失。換句話說，第三年還能夠吸引這麼多歌迷，代表亞由美打贏了這場偶像生存戰，而且暫時可望人氣不墜。這場演唱會也是亞由美與經紀公司，以及歌迷們的慶功宴。

時值偶像團體當道，個人偶像一開始便處於劣勢。除非特色鮮明，否則會埋沒在星海之中。在這個狀況下，佐倉亞由美的成功也令娛樂記者刮目相看。她既沒有出眾的美貌或優異的歌喉，但無論是在戲劇中軋的小角色還是綜藝節目裡被整，她都盡全力扮演好自己的角色，因此博得了眾人好感。最近在節目中絆倒跌倒的迷糊勁兒，也為她加分。

CD銷售量低迷不振已久。網路下載和YouTube等多重管道拓展了音樂欣賞形態的同時，CD的銷售量一路下滑，前陣子曾風靡一世的天后級歌手推出的CD賣不到四千張，震驚業界。

如此蕭條中，佐倉亞由美的CD銷售量也對業界有所貢獻。儘管有買CD附贈握手券這個前提，但在推出當週便大賣二萬張的偶像仍屬難能可貴。姑且不論唱功如何，光憑這份銷售力便有莫大的存在價值。

「雖然——這天空讓人分不清是晴天還是陰天——，AAYU今天也很開心——！」

「喔喔——！」

「是大晴天啊——！」

「啊哈哈哈——，總而言之——，我要大聲唱，唱掉所有的煩惱和不愉快，大家也要跟上來哦——！」

「我跟——！」

「那麼，第二首——！〈Try Again〉！」

全場氣氛頓時熱烈起來。〈Try Again〉正是讓亞由美一炮而紅的暢銷快歌，同時也是炒熱演唱會氣氛的必唱金曲。

當貝斯開始演奏，第一下鼓聲敲響的同時，舞台側的大砲也射出金屬彩帶。

「喔喔——！」

噴發而出的兩百條彩帶反射燈光，將會場點綴得光彩奪目。

亞由美朝舞台前方跑。在舞台邊緣勁歌熱舞，是亞由美的招牌表演方式。

然而就在這時候，發生了誰也始料未及的事。

才邁出一步，亞由美便大大顛了幾下往前撲。

而且偏偏就這樣一路滾，從邊緣跳下了舞台。

在舞台裝翻飛中，亞由美跌落十五公尺高的舞台。在最前排的觀眾眼中，這一切宛如慢動作。

啪喳！亞由美的耳麥如實傳遞了肉被壓扁的聲音。在演奏中斷的無聲之中，唯有尖銳的高頻雜音直劈觀眾的耳朵。

緊接著會場響起尖叫。

亞由美的身體就在舞台正下方的鷹架附近。手腳折向不自然的角度。眼看事情不對勁，保全和工作人員立刻趕來。

然而已經太遲了。

亞由美當場死亡。

＊＊＊

每當櫻花花瓣片片飄落時分，校園中的新面孔便格外醒目。每張臉上都寫著期待與不安，但想必每一所大學都一樣吧。

自己也曾經有過那個時期啊——栂野真琴咀嚼著有幾分羞怯的心情走進校舍。

今天，四月一日，是真琴正式登錄為浦和醫大法醫學教室助教的日子。不是像之前為了調整人數而寄籍，也不是被當成客人，而是正式的大學職員。是她與光崎教授和凱西副教授共同擔起重責大任的第一天。

雖然才短短幾個月，但她在法醫學教室獲益良多。不僅僅是知識面，也學習了將來以醫師為業時應有的心態。既然正式成為法醫學教室的一員，當然要從那個冷面老教授身上吸取更多、更多的知識。

在教室前站定，以清新的心做了一個深呼吸。滿懷幹勁準備踏出全新的第一步而打開門的那一瞬間，映入眼簾的卻是個意想不到的人物。

「唷，真琴醫師。」

無所事事的古手川朝她舉起一隻手。

埼玉縣警刑事部搜查一課，古手川和也刑警。由於真琴她們的法醫學教室一手包辦埼玉縣的司法解剖，他常往這裡跑。這個人，等於是沒神經和好勝心，繫了領帶到處走的一個人，也是在邁出嶄新第一步的紀念日實在不太想見到的人。

大概是心裡想的表現在臉上了吧。只見古手川皺起眉頭瞪了真琴一眼：

「看妳一臉嫌棄的樣子。」

「不是嫌棄的樣子，就是嫌棄。」

真琴斬釘截鐵地說。對這個人，諷刺和委婉的說法都不管用。

「古手川先生每次來都會增加額外的解剖。每次額外的解剖一增加，不止法醫學教室，連浦和醫大的預算都會被吃掉。」

這不是開玩笑也不是遷怒，而是事實。每件司法解剖的費用約二十五萬圓，而警方支付的司法解剖費、司法解剖鑑定報告製作費、屍體解剖外部委託檢查費加起來，經常不及必須的支出。換句話說，要徹底解剖就會出現赤字，而這部分就直接消耗法醫學教室的經費。

「醫乃仁術，而非算術，不是有這句諺語嗎？真琴。」

從教室後面出聲的是凱西．潘道頓副教授。她在哥倫比亞醫大時對法醫學開了眼，為受教於斯界權威光崎教授前來留學，是個怪胎，偶爾會搬出連日本人自己都不用的成語俗語把四周的人唬得一愣一愣的。

「可是凱西醫師。」

「大學的預算，是用來增長學生和我們的知識的。從這個觀點來看，縣警申請解剖不是一石二鳥嗎？再說，古手川刑警這次不是來申請解剖的。」

「那是有什麼事……」

「我是來問『修正者』的。想說也許凱西醫師或光崎醫師會知道些什麼。」

「『修正者』？那是什麼？」

「昨天，有人在縣警網站的留言板留言。因為很像惡作劇，負責的同仁立刻就刪除了。留言內容是這樣。」

古手川遞出來的B5紙上列印了留言板的一部分。

「以前好像也有過同樣的留言。縣警的留言板是公開的，縣民有什麼要求或不滿，都可以自由留言……」

列印出來的內容極其簡潔：

『並非所有的死亡都會進行解剖，這對我來說再好不過。琦玉縣警最好擦亮眼睛，仔細看看今後縣內發生的自然死亡、意外死亡中是否暗藏企圖。我的名字是修正者。』

乍看之下不知道他在說什麼。從字面上也感覺不出善意惡意。

只知道這位留言的人了解日本解剖的現狀。例如，光就東京都而言，前年發生的非自然死亡屍體便有二萬一千具左右。其中送交解剖的只有三千八百具，不到全部的兩成。就連有監察醫制度的東京都都是這種狀況了，其他行政區可想而知。

「這是新型態的社會嘲諷嗎？」

真琴誠心發問。

「如果真的以為是單純的社會嘲諷或民怨，我才不會特地跑來這種地方。」

這人嘴巴還是一樣壞。

「這種地方是什麼意思？什麼叫這種地方？」

「啊啊，都怪我的字彙太少了。我是想說，要是光崎醫師和凱西醫師這兩位，也許能提供一些意見。」

「為什麼？」

「對於非自然死亡的屍體進行司法解剖的數量偏少，這在警方和法醫學者之間雖然是眾所周知的事實，但一般民眾並不知情。我是希望，如果醫師們對於可能會在推特之類的地方發布關於這方面的留言的人有什麼線索，不管是基於義憤也好，還是牢騷也好，希望醫師們能夠告訴我。」

「等一下，古手川先生。」

聽著聽著，天生的好勝心就抬頭了。

「這不就是在懷疑我們醫院的醫師嗎？你是暗示光崎教授或凱西副教授因為分配給解剖的人手和預算太少，就匿名去告發……」

「怎麼可能！」

「可是……」

「拜託，真琴醫師。那兩個寧願不吃飯也要去挖人家肚子的人，怎麼可能對現狀不滿到去警方的留言板留言？」

「那，難不成你是懷疑我？」

「錯。真琴醫師在做那種麻煩事之前，一定會先找我理論。」

這倒也是——真琴同意。

「可是，這份留言值得古手川先生這麼在意嗎？就我看到的，這只是第一線的解剖醫師在發牢騷啊。」

報請浦和醫大驗屍的案子的確特別多，但浦和醫大並非負責縣內發生的所有案件。因此案子有時也會落到其他醫大和開業醫師頭上。在真琴印象中，這些外部委託的執刀醫師的確對現狀有所不滿和擔憂。

「真琴，古手川刑警好像不是這麼想哦。」

凱西插進兩人的對話，

「古手川刑警從這段留言裡感覺出危險。其中一點應該是修正者這個名字吧。」

「修正者……」

「既然自稱修正者，就會親自動手改正錯誤，所以要減少原因不明的非自然死亡……也可以這麼看吧。如何，古手川刑警？」

真琴大吃一驚。

那豈不是可以當成犯罪聲明了嗎？

被點名的古手川抓著頭露出苦笑：

「哎，也不是沒有前例啦。當然純粹基於惡作劇寫這種留言的人多如繁星。只是，那個……這篇留言偏偏用了『修正者』這個一般人不熟悉的名字，讓我很不順眼。怎麼說啊，就是有獨特的味道。」

「味道？古手川先生，你是狗嗎？」

真琴試著說笑，但古手川不理。

「我不止一次對付過發出這類犯罪聲明的凶惡罪犯。每次案情都很嚴重，犧牲者都不止一個。也都造成社會不安。這篇留言，就有和那些人同樣的味道。」

想說笑的心情瞬間消失得無影無蹤。

古手川平日吊兒郎當的神情此刻卻完全是一派刑警模樣。

「當事人埼玉縣警怎麼看？」

「除了我和某人之外，都當成一般的惡作劇。」

所謂的某人，恐怕就是古手川常掛在嘴邊的上司吧。

「可是古手川刑警，很抱歉，我不曉得有誰會這樣去告發。我的領域只有這個教室，不像光崎教授人脈那麼廣。」

「光崎醫師也很少離開教室啊。那個人連骨髓都染上了消毒水味。」

「No，再怎麼說，光崎教授連在我的祖國都大名鼎鼎呀。教授的人脈比古手川刑警以為的更深更廣。」

到這時候，真琴才想起教室的主人不在。

「對了，教授呢？」

「去開新任內科教授上任後的第一場教授會議。剛才大罵一頓之後出門了。」

那情景真琴完全可以想見，她很同情凱西。

「那麼，在光崎醫師回來之前我只能再繼續等了。」

你這麼閒嗎？——正要這樣吐槽的時候，古手川胸前響起了電子鈴響。

古手川拿出手機貼在耳邊。

「喂，我古手川……哪有，我才沒有摸魚，我在等光崎醫師來啊。本來就是組長自己說醫師對『修正者』應該會有點頭緒的……是啊，醫師去開會還沒見到……咦，佐倉亞由美？留言板？真的嗎……我知道了。這邊我也會轉達的。」

說完電話，古手川的表情又變得嚴肅起來。只見他滑著手機，專心看。

「才剛說完就出事了……」

還沒問怎麼了，古手川就轉向真琴，

「就是剛才提到的縣警的留言板。『修正者』那傢伙，馬上就來了。」

「佐倉亞由美，不就是昨天跌下舞台摔死的那個……可是，新聞說那是意外。」

古手川默默把手機畫面拿到真琴面前。

「昨天死亡的佐倉亞由美是頭部落地頸椎受損、頭蓋骨骨折，以及內臟破裂。浦和西警察署判定為墜落意外。但真的是意外嗎？『修正者』期盼修正。」

「我在電視新聞上看到了，從那個高度跌下來傷勢當然會這麼嚴重啊。我覺得沒有什麼可疑的。」

「浦和西署向媒體發表的只有墜落意外死亡這個事實而已，完全沒有提到受傷的地方。」

「可是，既然是頭部著地，主要傷勢就是那三個地方。」

「目擊她從頭部落地的只有演唱會會場的人而已。所以妳的意思是自稱『修正者』的這個人正好是佐倉亞由美的歌迷？」

「也許是在會場目擊狀況的人覺得好玩，就自稱『修正者』。」

真琴說著也有點覺得自己是為假設而假設。她刻意不去提及可怕的可能性。

「『修正者』最早的留言很快就被刪除了。在有限的時間內看到這則留言的人剛好去了佐倉亞由美的演唱會？佐倉亞由美的歌迷覺得好玩，試圖把她的死誤導成謀殺？不行啊，真琴醫師。要以巧合來解釋，需要的條件太多了。」

古手川端正姿勢，面向凱西，

「剛才，埼玉縣警決定與浦和西署共同偵辦佐倉亞由美的失足死亡案。因此要報請浦和醫大法醫學教室相驗。」

結果還是要驗屍。

真琴有種一腳踩進泥濘中的厭惡感，但這感覺瞬間就消失了。

真琴雖然對偶像不怎麼感興趣，但連她也知道佐倉亞由美這個名字。一個以天真無邪的笑容與全力以赴的態度令人印象深刻的十六歲女孩。一個不可思議地也頗得同性喜愛的女孩。

若是單純的意外死亡真琴只會深感同情，但若是謀殺，事情可不能就這麼算了。凡能力與判斷之所及，必以病家為上——教室門口掛的「希波克拉底的誓言」裡的話在腦海中閃現。查出不為人知的死因，說出死者想說的話，正是自己的職責所在。

一聽到正式報驗，凱西的動作就很快了。

「真琴，光崎教授看來是趕不上了。我們留言給教授，先去驗屍吧。古手川刑警，遺體現在在哪裡？」

「應該還安置在浦和西署裡。我也一起去嗎？」

「Of course。等等可能要你幫忙調車運送遺體，請你要有心理準備。」

凱西一馬當先衝出教室。古手川和真琴對看一眼，立刻跟上。

2

三人到了浦和西署，在停屍間前遇到一張熟悉的面孔。

神經質的瘦臉和深深的雙眼皮，以及薄薄的嘴唇。那兩片嘴唇一認出一行三人便形成弧形。

「果然是由你們出馬啊。」

鷲見博之，埼玉縣警檢視官。他與真琴她們法醫學教室這幾位醫師因去年市內發生的案子而成為知交。鷲見檢視後認為是單純車禍的案子，經光崎解剖的結果發現並非如此。

一般人會因傷了自尊心而憤慨，但這位檢視官的度量並沒有那麼小，對光崎的見識鄭重表示敬畏，令真琴留下了好印象。

「哦，怎麼沒看見光崎大老呢？」

「光崎醫師好像是因為開會無法脫身。負責為佐倉亞由美檢視的，難不成就是鷲見先生？」

「這件事，應該算是運氣不好吧。雖然判斷為一般常見的意外，但因為『修正者』這個不知輕重的人鬧得要重驗。要是這次又被光崎教授指出錯誤，我就真的面目掃地了。」

口中說著面目掃地，卻一副頗為愉快的樣子。

「縣警好像已經正式向浦和醫大報驗了吧。要這就去看嗎？」

真琴和凱西沒有異議。看兩人點頭，鷲見便打開了停屍間的門。

「很幸運沒有馬上被送去火化。本來預定今天上午父母要來領取遺體的，但發現了『修正者』的留言，縣警本部出面喊停了。」

一進房間，全身瞬間被一股濕滑的冷空氣包圍。之所以感覺濕，是因為空氣中混著腐臭與消毒水的味道。

鷲見從不鏽鋼冰櫃中取出遺體。將遺體放上平台後打開屍袋，甜餿味立刻一湧而出。

就算是吸引青少年熱烈視線的偶像，死了也只不過就是一團肉塊。真令人感到世事無常。

佐倉亞由美的身體非常纖瘦。即使以十六歲的年輕而論，她周身沒有一塊贅肉，不知是平日訓練的成果，還是與生俱來的身材？只是，從高處跌落，體型呈不自然的扭曲。

「從外表可以明顯看出頸椎損傷與頭蓋骨骨折。不知兩位醫師怎麼看？」

真琴與凱西對鷲見這一問輕輕點頭。

真琴稍微讓屍體的頭前後動一下。幾乎所有的哺乳動物的頸椎都是由七塊骨頭構成的，其複雜的結構擴大了可動角度。

「死亡是昨天下午一點過後，所以到現在是整整二十四小時。因此下顎部分的死後僵硬差不多開始緩解了。」

用不著聽鷲見的說明。即使是扣掉屍僵的緩解，頭部能這樣晃動就是因為頸椎斷了好幾根。頭蓋骨骨折也從頭部側面略微凹陷便可輕易推側出來。鷲見的判斷絕對沒有錯。就算對法醫學不甚了解的調查員，多半也會做相同的判斷。

「她從舞台上跌落的整個過程，一共有八個地方拍到。」

「八個地方。那是觀眾的手機嗎？」

「這類案子發生後，好像會有人很快就把影片上傳到分享網站上，但我說的是演唱會DVD的製作公司拍的影片。既沒有搖晃，影像也很鮮明，所以浦和西署便將這些影片視為證據。就我看到的，並沒有佐倉亞由美被誰從台上推下來的片段。她朝舞台前方起跑的那一瞬間，好像絆到般重心不穩，就直接從舞台邊摔下去了。」

聽著他這番話的古手川一臉不耐：

「從這種狀況看來，的確除了意外死亡，還是意外死亡。」

「所以我也是這樣向浦和西署報告的。」

疑似憤慨之情在鷲見臉上閃現。真琴認為這也是當然的。怎麼看都是意外死亡的案子，卻因為屈屈一則匿名留言而遭到質疑，叫檢視官情何以堪。

也許這次真的沒事——真琴這麼認為，想向凱西徵求同意，卻沒想到她正鉅細靡遺地觀察著遺體。

「凱西醫師？」

「真琴從這具遺體上發現了什麼？」

「什麼都還沒有……」

於是凱西的眼神顯得有些嚴肅：

「不可以養成一直都在看有的東西的習慣。從裡面找出沒有的東西也很重要。」

還在想這一個個日文單字的意思，鷲見就從旁插進來了。

「哦，不愧是副教授，這麼快就注意到了啊。」

「Oh？檢視官也知道嘛。那麼為什麼還斷定是意外死亡呢？」

「因為雖然有疑點，但其他狀況全都指向意外死亡。而且，這樣的例子雖然罕見，卻也不是從來沒發生過。」

「請、請問，你們兩位在說什麼？」

「真琴，手呀，手。」

「手？」

「是的。從高處墜落的時候，人會反射性地保護頭部。自殺的時候就相反，不會這麼做。」

真琴晚了好幾拍才想到。

既然要保護頭部，手臂自然首當其衝，所以應該會留下外傷或骨折。

真琴趕緊重看遺體的雙手。表面連一絲擦傷都沒有，當然也不像有骨折的樣子。

換句話說，明明不是自殺，她卻沒有伸手保護頭部。

「若是在墜落中途失去意識，也不會伸手護頭，但那是在從高樓墜落的時候。舞台距地面只有十五公尺左右。這樣的高度，不太可能會失去意識。」

「鷲見檢視官。」

這次換古手川有問題了，

「你在檢視報告裡也提了這個疑點？」

「當然提了。」

「但浦和西署之前卻不管，不送司法解剖……問題還是出在錢上面嗎？」

「經費不足這個理由至少比怠職好聽吧。」

可惡——古手川這句低聲咒罵不知是針對浦和西署，還是針對司法解剖預算長期慢性不足的現狀。

「既然和縣警本部聯合偵辦，就不必擔這個心了。好啦，兩位，趕快著手搬運遺體吧？」

將遺體放回屍袋，由古手川帶頭走出停屍間，劈頭便看到兩個男人站在那裡。一個是一身剪裁合宜的西裝高個男子，另一個是穿著風衣的矮個男子。

古手川立刻盤問對方身分，高個子是佐倉亞由美的經紀人古久根誠二，矮個子則是舞台工作人員小山田一志。

「我是聽說亞由美的遺體今天要由父母領回，身為經紀人應該幫忙安排葬禮，便匆匆趕來……」

「小山田先生，你呢？」

「我是，雖然搭建的舞台本身並沒有問題，但事情是發生在我負責的舞台上……而且……」

「而且？」

「我個人是AAYU的歌迷，所以希望最後能為她盡一份心……」

哦——古手川點點頭，然後揚起一道眉毛。真琴看過好幾次，知道這代表什麼。這是古手川對對方有所懷疑時的動作。

「很抱歉，佐倉小姐跌落舞台的意外現在有必要重新調查。所以遺體恐怕要日後才能歸還。」

「重、重新調查？」

「你是說AAYU的死不是意外？」

「請教經紀人，最近佐倉小姐有沒有什麼古怪的地方？例如，有沒有為什麼問題煩惱……」

「或者，」凱西插話，

「健康方面有沒有變化？」

被兩人提問的古久根好像被嚇到般往後退：

「沒有，沒有什麼問題，健康方面也很良好。她是那種多少有點煩惱，但上台唱過歌就不再介意的女孩。在健康方面，在演唱會的兩週前就調整到最完美的狀態。畢竟她要獨撐三小時又沒有特別來賓。我也非常注意，如果她在健康方面有任何狀況，我一定會知道。她是常被東西絆到、在樓梯跌倒，但這本來就是她的特色。」

「我也是從排演就一直看著她，但就是平常的AAYU。沒有任何古怪的地方。」

「這下，就更要依靠那位乖僻教授的本事了。」

古手川自言自語般低聲說完，就要古久根和小山田退到一旁，拉了載有遺體的擔架，

「回頭我還有事要請教你們兩位，但現在應該先請教本人。」
「本人？可是亞由美已經……」
「不是我來問。是那邊那兩位愉快的女士和一位很不開心的老先生，要從她的身上問出真相。」
三人一回到浦和醫大，法醫學教室裡，主人已經板起他的招牌臭臉。
「太慢了，小子。到底要別人等多久。你還不明白對老人來說，時間比什麼都寶貴嗎？」
浦和醫大法醫學教室教授，光崎藤次郎。白髮往後梳得服服貼貼，端正的五官雖有書卷氣，但那雙眼睛銳利得有如盯上獵物的猛禽。只要稍微和氣點應該就能令人印象極佳，但經營好人緣這種事完全不在他的考慮之中。
「哪有，我們是從浦和西署急著趕回來的。」
「哼。現在這個時間從浦和西署過來應該更早到才對。你肯定是在那裡把時間浪費在無謂的偵訊上。」
「怎、怎麼會無謂！拜託，我是刑警，向相關人士問話是理所當然的。」
「我是醫師，除了看診，其他的事一概與我無關。既然把遺體送來是你的工作，優先完成才是道理，不是嗎？」
被光崎斷然駁斥，古手川閉上了半開的嘴。無論他的抗議再怎麼正當，在這個教室裡，光崎是至高無上的君主。沒有任何人敢反抗他。可以說是穿著白衣的唯我獨尊吧。

「在等的不是只有我。那具遺體也是。你要是有空編一些蠢藉口，不如趕快把遺體送進解剖室。」

「問妳喔，」

運送遺體途中，古手川偷偷向真琴咬耳朵，

「光崎醫師最近是不是更沒耐性了？」

「這個我也不知道。雖然我聽過剩下的壽命越短越有耐性的說法。」

「那他豈不是命還很長了嗎。未來真令人擔憂。」

遺體一送上解剖台，光崎便立刻宣布執刀：

「這就開始。遺體是十多歲的女性。體表可見頭部側面挫傷及凹陷。其餘沒有明顯外傷，但腹部明顯鼓脹。首先從損傷部分的頭皮剝離開始。手術刀。」

真琴將切開皮膚用的圓刃手術刀遞給光崎。手術刀可大致分為切開皮膚用的圓刃手術刀，與作業用的尖刃手術刀。而且刀刃再銳利，一旦人類的脂肪附著就會變鈍，所以一般開刀每次都要準備好幾把這兩類的手術刀，但光崎從頭到尾卻只各用一把。

原因只要看過光崎的刀法就很清楚。光崎下刀就是快。儘管他面對的是死人，但他毫不猶豫精準下刀。手法有如老練的廚師，經常讓人看得忘了呼吸。

頭皮一轉眼就剝開了。擦掉凝固的血塊後，頭蓋骨損傷的部分便顯而易見。

「開顱。Stryker。」

光崎持電鋸俐落地切開頭蓋骨。他的動作絲毫不見滯澀，卻也沒有一丁點兒粗糙。

所謂的職人，無論業種，技巧大概都會越來越像吧。以不同於思考的另一條線路採取機械般正確的動作，沒有多餘的動作。彷彿指尖上有另一個腦，完美記憶著必要的動作。

不久後露出來的硬膜損傷部分明顯扭曲。取下硬膜後，被壓扁的腦髓便稠稠地溢出來。

「損傷程度非常嚴重。若要一擊便造成這樣的損傷，需要超乎常人的臂力，不應否認遺體摔死的事實。接著，開腹。」

有如示範解剖理論的Y字切開後，光崎的手術刀繼續俐落活動。雖然視線被手術刀的動作牽引著，但同時真琴的思緒也被成為遺體的佐倉亞由美觸動。

她才十六歲。而且是當紅的偶像。要是活著，也許她的人生會比一般女孩更加精彩，格局也更大。而她現在卻在解剖台上被剖腹，露出內臟。

她一定很遺憾吧。而為了擷取她的遺憾，絕對不能錯過她遺留在身上的任何情報。

由於是頭下腳上跌落，外表的損傷以頭部最為顯著，但由於受到數倍於體重的衝擊，內臟也免不了受損。肋骨被壓扁，有的扭曲龜裂。腹部鼓脹的症狀則是來自於變了形的內臟。

光崎的手術刀繼續前往下腹部。然後子宮一出現，真琴便睜大了眼睛。

子宮是膨脹的。不是不自然的膨脹。她在資料照片看過多次。這正是懷孕的形狀。

「寶寶……」

對真琴的低語有反應的，是遠遠觀察解剖的古手川。

「妳說什麼？」

真琴所知的少得可憐的娛樂新聞在心中飛快轉動，卻想不起任何一則十六歲偶像的花邊新聞。

「外野的，很吵哦。」

「可是佐倉亞由美怎麼可能懷孕？」

「她是具有生殖能力的女性，懷孕有什麼好奇怪的。」

光崎的手術刀切開子宮。從中出現的，是如假包換的胎兒。

「由胎兒的成長程度推測為懷孕第八週。子宮沒有損傷，但胎兒已死亡。其他內臟雖破裂而出血，但均屬輕微，直接的死因可判斷為頭蓋骨骨折引起的腦挫傷。」

死因和鷲見檢視官的判斷一致。但佐倉亞由美懷孕的事實比她的死因更驚人。看來打擊最大的古手川也不怕光崎罵，出聲問：

「光崎醫師，被害者由頭部墜落卻沒有伸手護頭。原因就是……」

「手下意識抱著肚子保護胎兒。這個可能性很大。凱西醫師，給胎兒的組織採樣。」

「了解。」

古手川的表情依然很僵：

「要做DNA鑑定嗎，光崎醫師？」

「遺體是學生嗎？」

「她才十六歲，當然有作為學生的一面，但身為藝人的時間應該更多。這是我從娛樂新聞看來的，她好像是最近難得一見的個人偶像。」

這件事真琴也聽說過。偶像的存在至今仍為演藝圈帶來活力，但幾乎都是偶像團體，個人偶像的缺席早已非一朝一夕。佐倉亞由美正是打破此現狀的明日之星，業界對她寄予厚望。

「就算是演藝圈的人，一個才十六歲的小丫頭生活圈大不到哪裡去。要找出與胎兒的DNA一致的對象想必也不難。」

「這倒是真的。」

才說完，古手川便走向解剖室的門，

「我去找所有的相關人士。」

然後便走了。多半是打算去採集相關人士的毛髮、口腔細胞之類的吧。古手川的用意真琴也能理解。胎兒的父親是誰？其結果如何，可能會讓意外的樣貌為之丕變。然而，光崎的聲音打斷了真琴的思緒。

「妳在看哪裡，真琴醫師？」

「啊，是？」

「解剖還沒有結束。」

「我立刻縫合。」

「不是。還有地方要看啊。」

光崎看也不看真琴一眼，

「這具遺體的話還沒說完。可那小子還是一樣沉不住氣。」

3

佐倉亞由美所屬的萊莎經紀公司辦公室位於北青山。這間辦公室除了門上、牆上都貼了偶像的宣傳海報之外沒有任何特色，真琴不免有點失望。

「怎麼了，真琴醫師？妳好像很失望啊？」

「沒這回事。」

「妳該不會以為櫃台那邊會聚著一大群帥哥偶像？」

「……沒這回事。」

古手川以一張忍著笑的臉向櫃台的女性告知來意。他們很快就被帶往古久根等候的房間。

「今天有什麼事呢？突然上門。我們也有我們的安排，就算是辦案，也要麻煩你們事先約好。」

「那真是不好意思了。只是有一件事情必須緊急向古久根先生確認。」

「到底是什麼事？」

「這位真……栂野醫師所代表的浦和醫大法醫學教室進行了司法解剖，結果發現一項極具深意的事實。佐倉亞由美懷孕兩個月了。」

一聽這話，坐在沙發上的古久根差點站起來。

「兩個月？」

「哦，你驚訝的是這一點嗎？我還以為讓你震驚的會是懷孕的事實呢。」

「不，不是的，我是很驚訝。」

「難不成，你對懷孕這件事心裡已經有譜了？」

「你有什麼證據這麼說？」

古久根面露怒氣，古手川將一張紙放在他眼前。

「這是？」

「DNA的鑑定結果。這也是請法醫學教室做的鑑定。照這上面說的，古久根先生，她肚子裡的胎兒有百分之九十九點九的機率是你的孩子。」

古久根像個惡作劇被發現的孩子般撇過頭。

「上次，我請你讓我採了你嘴裡的細胞不是嗎。不過，你也沒否認嘛。」

「既然DNA都鑑定出來了，否認也沒有意義吧。」

「換句話說，你是心裡有譜了。但是你為何對懷孕的事實顯得很意外？」

「因為我不知道兩個月了。要是知道的話，就會暫停演唱會，也會安排好如何應付媒體。不，在那之前……」

「你是要她退出演藝圈，還是拿掉小孩？」

古手川的逼問毫不留情。真琴聽過他問話好幾次，也知道這麼做的目的是故意激怒對方，但還是覺得實在過於挑釁。

果然，古久根以一副隨時都會撲上去勒住領口的神情瞪著古手川。

「我對她是認真的。怎麼會叫她拿掉小孩……兩個月是吧。肚子也還不太明顯，恐怕她本人也還沒發現吧。」

這回真琴的反應比古手川還快：

「請別說傻話了。」

她對於古久根彷彿事不關己般的說法非常生氣。

「懷孕第四週就會遇到本來的生理週期，但懷孕了自然就不會有。雖然也有人把著床出血誤以為是生理期，但一旦懷孕，子宮就會變大，身體狀況也會發生變化。到了第八週是害喜最嚴重的時期。說什麼本人沒有自覺症狀，那是不可能的。而且到了第八週，市售的驗孕試劑就能輕易驗出是否懷孕。」

「……醫師是這麼說的。因此只有兩個可能，就是佐倉小姐在得知懷孕後告訴了你，或是沒有告訴你。」

「我沒聽她說。剛才我不也這麼說了嗎。」

「你能證明嗎？」

「證明？呃，這……」

古久根大感為難，閉口不語。真琴認為也難怪他。事實發生過可以證明，但要證明沒發生過就難了。這便是所謂惡魔的證明。在這個場合下，古久根若是知道她懷孕當然會設法檢查，這就會留下痕跡。但反過來，卻無法證明古久根不知道懷孕這件事。古久根說他若知道就會暫停亞由美的演唱會，但這種話愛怎麼說都可以。

「要是你知道佐倉小姐懷孕，那麼你就有動機。當紅偶像懷孕，而且才十六歲。這對偶像是最致命的醜聞。演唱會和電視節目全部都不得不暫停吧。還有天文數字的違約金。不，在那之前，你就會被經紀公司追究責任。也許違約金會直接跟你要。」

「所以我殺了亞由美？」

「這也不是不可能的事。」

「莫名其妙！虧你想得出這種事。」

「但是你和佐倉小姐發生關係的那一刻，你身為經紀人，就應該充分考慮被追究責任的可能性才對。不過純粹是可能性就是了。」

「如果你們從發現亞由美懷孕那一刻就懷疑我，那無論我再怎麼說都沒有意義。」

「沒這回事。警方也是會考慮心證的。正當的辯解我們當然不會置之不理。」

「那個……這麼說很不得體，但我等於是佔用了要賣的商品……」

真的是很不得體。什麼叫作我對她是認真的。結果還不是把她當東西看待。真琴雖然無意批評年齡差距的問題，但亞由美才十六歲，古久根大了她一倍不止。就算是亞由美主動的，古久根也應該拿出大人的自制才對。

「就算我們對感情的事再怎麼認真，這個世界也不會輕易容許的。所謂的偶像，對歌迷而言就等於是女神。」

「女神不會戀愛，更不會做愛。你是這個意思嗎？」

古久根恨恨地看著古手川，但真琴真想鼓掌喝采。雖然不是不明白把偶像神化的心情，但從女性的觀點來看實在可笑。也許因為身為同性，真琴的看法更加嚴厲，但一個女孩到了十六歲，女性的原型就已經完全成形了。會有污點，也會有性欲。現在卻把這樣一個女孩子重新歸零，塑造成無垢的女神，再來作為欲望的對象，這再怎麼善意解釋，也不過就是男人扭曲的創意。而明知她是歌迷的偶像，卻把她當作自己做愛的對象，古久根至少在身為經紀人方面是失職了，而一邊與她發生親密關係，一邊又讓她成為不特定多數欲望的標的，身為男友也有問題。但是，亞由美的歌迷要是知道了，會怎麼想？

想到這裡，真琴忽然想到別的動機。

她連忙往旁邊一看，古手川也出現非常吃驚的表情。

「古手川先生……」

「嗯，我知道妳想說什麼。我也是現在才發現。」

第二天，兩人前往演唱會會場埼玉超級競技場。

古手川借了中控室，將亞由美從舞台上跌落的那一瞬間在螢幕上播映出來。

「不過這影片是用ＤＶＤ製作公司拍到的去加工的。」

「加工？」

他在螢幕前的椅子上坐下，細聽古手川說明。

「本來是從舞台側拍攝中央。當然這樣什麼都看不出來，所以我們把佐倉小姐跌倒從舞台墜落的那一瞬間，焦點對準她的腳放大。那麼，請看。」

開始播放影片。

亞由美的腳全力起跑，朝舞台前方前進。當然，原本背景音樂是快板的演奏，但由於消了音，也知道接下去會發生什麼事，所以一連串的動作看起來非常危險。

「在前奏期間，佐倉小姐為了回應觀眾的呼聲，會移動到舞台前方。由於舞台沒有架設欄杆，所以在前一公尺的地方貼了螢光膠帶。也就是提醒她不要跨過這條線。實際上，在正式開演前舉行的排練中，佐倉小姐就停在這條線內。然而，」

說到這裡，古手川敲了鍵盤，以慢動作播放影片。

可以看出螢光膠帶前有一個一公尺見方的框框。

「我想你也知道，這是升降舞台，歌手經常會在演唱會開始時，搭這個升降舞台從下面出現。這次佐倉小姐的舞台並沒有用到，是吧？」

「是的。她的表演模式沒有那麼誇張，強調的是她活潑的形象，像是從舞台側邊全力跑過來之類的。」

「所以佐倉小姐對升降舞台的那個框框不太在意。就算知道那裡會往下陷，但表面是平面，而且實際上並不會用到，當然也就不會多加注意。」

接下來的影片緊緊抓住了古手川與真琴，以及另一個人的視線。

亞由美的右腳在升降舞台之中著地的前一刻，那個地方向下降了五公分左右。

升降舞台微微下降了。但遠景拍攝實在無法明確捕捉到那段落差。是經過鑑識的像素解析處理，才總算能夠辨識的。

由於地板比預期的低五公分，右腳以不自然的形態著地。亞由美失去平衡，眼看著就要在舞台上跌倒。

「一般人在跌倒的時候，會伸手出來減輕身體的衝擊。這相當於條件反射。但是佐倉小姐的手卻要伸不伸的，實在無法支撐她整個身體。而且明明升降舞台的一公尺之外就是舞台邊緣了，佐倉小姐的腳卻踩空了似的一連顛了四步。」

正如古手川所解說的，亞由美在失去平衡的狀態下顛了四步，被升降舞台與地板的落差絆到向前倒。倒下的位置已經是舞台邊緣了。亞由美的身體帶著跌倒的衝力在地上滾，然後被向外拋——。

影片在這裡停止。注視著螢幕的三人暫時都沒有開口。

古手川打破了這陣沉默。

「請注意這下降五公分的升降舞台。」

畫面右下方的計時器數字飛快地跳動。而在亞由美墜落舞台後過了二十秒，升降舞台上昇回到與地板同高。

「正如畫面所顯示的，地板因為升降舞台的上下產生了落差，佐倉小姐因此而跌倒、墜落舞台。緊接著升降舞台又回到原位，所以很顯然這一連串的動作是有人故意為之。」

他嘴唇顫抖著抬頭看古手川。古手川一副時候到了的樣子，語氣一變：

「升降舞台是由那邊那個按鈕來控制的。換句話說，不是那個按鈕就無法操作升降舞台。而我們也已經從其他舞台工作人員那裡證實，發生意外時，坐在那裡、能夠觸碰到升降按鈕的就只有你一人。移動了那個升降舞台的就是你吧？」

「我、我、我……」

「回答是Yes還是No？」

古手川的臉一下逼近，小山田像被逼得走投無路般猛點頭。

「是、是的。是我移動了升降舞台。」

「你一開始就打算讓她從舞台上摔死嗎？」

「不、不是的！我只是想讓她在舞台上稍微摔一跤就好。」

「稍微摔一跤……你希望會有什麼結果？」

「我希望她會流產……」

在頹喪的小山田面前，古手川與真琴對看一眼。這男的果然也知道亞由美懷孕了。

「你是怎麼知道她懷孕的？」

「大概兩週前，AAYU在這個會場舉行了好幾次排練……我去翻她剛用過的廁所，找到市售的驗孕棒……而且是陽性反應。」

真琴的背上突然爬過一陣惡寒。翻廁所的垃圾？別鬧了！

「所以我就在AAYU身邊打探，確定她和經紀人是那種關係……我無法接受。AAYU是大家的偶像，是天使。AAYU怎麼可以懷那種人的孩子？絕對絕對不可以！」

真叫人懷疑：去翻那個天使上過的廁所的垃圾的又是誰？這根本不是歌迷而是跟蹤狂了。扭曲的歌迷心理——這正是真琴想到的新動機，但一旦真的猜中，卻沒有半分痛快，只覺得腳底陣陣發麻。

看著小山田的臉，只覺得不舒服。也許偶像的歌迷並不盡然全是如此，但真琴覺得自己好像會因此而產生負面的先入為主。

古手川不知是不是也有同樣的想法，眉間的皺紋隨著談話越來越深。

「所以你才設計讓升降舞台下降害她跌倒嗎。然後看事情演變成大慘案就嚇得魂飛魄散。也因此隔了二十秒才把升降舞台復原是不是？」

「可、可是，我完全沒想到她會那樣跌倒。才五公分的差距，頂多是絆一下，當場跌倒而已……所以我、我、我完全沒有要殺她的意思！只是想她小跌一跤就會流產。我完全是為了AAYU才這麼做的。要是她那時候流產，就可以一直保持清新的形象，可以一直繼續當偶像了……」

「而殺死那個偶像的就是你。」

古手川這樣一論罪，小山田的肩膀便像瘧疾發寒般震了一下。

「我不管你有沒有殺意，也不知道能不能證明，但至少殺死佐倉亞由美這個十六歲少女的人就是你。用不著動刀動槍也能殺人。以你的狀況是只動了一根手指，照樣能殺人。你就好好在夜裡作惡夢吧。」

小山田的說法完全是自我本位、自以為是，而且卑鄙。而古手川這個人對卑鄙無恥的人真的毫不留情。對小山田來說，自己殺死偶像的事實恐怕遠比被法院判處徒刑更令他難過。

「……可是，我真的沒想到。才五公分的落差怎麼會跌得那麼慘。」

「那是有別的原因的。」

「別的原因？」

「這也是法醫學教室的人找出來的。佐倉小姐的身體除了懷孕之外還有別的異變。」

古手川停下來。這是要換人說明的暗號。真琴只好接下去：

「司法解剖的結果，發現佐倉小姐患有視網膜色素病變。」

「視網膜色素……那是什麼樣的病？」

「視覺障礙的一種。視網膜的視覺細胞退化，引起漸進性夜盲或管狀視野，但因為惡化緩慢，很多患者都沒有自覺症狀。視野變小的患者也因為是從周邊以甜甜圈狀逐漸減退，所以本人也難以分辨。而且害喜造成的身體不適也可能使症狀惡化。」

「看得見正面卻少了周邊的視野。這意味著什麼你明白吧？」

小山田眼睛睜得好大。

「聽說佐倉小姐生前就常撞到東西、常被樓梯絆倒是吧。也許是與生俱來的，但也很可能是管狀視野所造成的。在只看得到正面的狀況下被五公分的差距絆倒了，當然會大大搖晃，在下一個差距也無法保持平衡。而且又無法判斷往哪邊倒才安全。」

「怎麼會……怎麼會……」

「你以為只會造成一點點小意外，對她來說卻等於是被推入地獄的鍋爐。而，揭起鍋蓋的就是你。」

小山田突然從椅子趴倒在地上。雙手捂著臉，以野獸般的嚎聲開始嗚咽。

怎麼看都不是痛心亞由美的死，只不過是畏懼自己所鑄下的大錯罷了。

古手川一定也沒料到他會出現這樣的醜態吧。只見他一臉困惑地抓著頭，彎下腰。

「最後問你一件事。在埼玉縣警網站上以『修正者』的名義留言的，是你嗎？」

「你、你在說什麼？我不知道……我不知道……」

連移動升降舞台都招認了的人，沒有理由隱瞞這種小錯。在嗚咽之間吐出的話應該不是謊言。

古手川與真琴對看一眼。

其實他們也問過古久根同一個問題，但古久根也堅持對「修正者」一無所知。

那麼「修正者」究竟是何方神聖？

chapter

2

熱

1

一打開法醫學教室的門，令全身皮膚為之收縮的寒意便立刻包圍全身。

「好冷！」

真琴不禁抱住自己的肩。冷氣太冷了。別說政府宣導的節能溫度，體感溫度簡直冷得像在冰點以下。

「Good morning，真琴。」

房間裡凱西正拿著檔案夾代替團扇搧風。

「凱西醫師！這、這強力冷氣是怎麼回事？」

凱西泰然指指自己身後。一看，解剖室的門是敞開的。

解剖室為了保存遺體，室溫隨時固定在攝氏五度。這樣的冷空氣流進來，難怪寒氣逼人。

「怎麼可以這樣！這樣怎麼保存遺體？」

「此刻暫存在此處的遺體為零。因此這陣涼風僅為生者服務。」

「這時候請關掉冷氣。學校本來就對我們法醫學教室的經費透支很不滿了。」

真琴一關上解剖室的門，凱西便面露不滿。

「真琴什麼時候也倒戈到體制那邊了？」

「節約能源跟體不體制無關。」

「可是真琴，一大早就這麼熱，沒有人拿得出十足的工作表現啊。還是說真琴已經到了滅卻心頭火自涼的境界，不會覺得熱了？」

這個外國副教授到底是從哪裡學到這些日文的？——但無論如何，真琴也同意今天的確不是普通的熱。

「這……熱是很熱沒錯。」

實際上，明明才四月中，卻一連好幾天氣溫都超過三十度。中國北部三、四月的降雨量少，也沒有低氣壓通過，因此大陸氣溫上昇。這股火熱的大氣現正流入日本列島。各地的最低氣溫紛紛超過二十五度，真琴昨天也才剛從衣櫃裡翻出夏裝。

「我和真琴就算了，就怕光崎教授這樣的老人家身體會熱壞了。」

「光崎醫師都待在解剖室裡很少外出，不用擔心。」

「不見得吧？他在精神上雖然是Superman，肉體上卻是old man。就算年紀不到教授的程度，這陣子不是每天都出現了熱傷害的患者嗎。」

凱西說的沒錯，季節錯亂的高溫一開始，不僅埼玉縣，各地都有熱傷害患者被送進醫院。一方面也是因為這陣酷暑來得太不合時令，民眾對於強烈日照防備不及的關係。也有好幾個人被抬進他們浦和醫大，聽說內科一早就忙翻了。這麼說起來，可見無論生者死者都一樣怕熱啊。

這時候出現了闖入者。

「大家好……喔，好冷啊。室溫到底設定幾度？」

露臉的是古手川。

「就算再怎麼熱，和戶外溫度差這麼多，會把身體搞壞的。」

一看，古手川額上汗水粼粼。從熱得發昏的外面直接來到這裡，的確很可能會生病。

「No problem，古手川刑警。我們和警察不一樣，不會常常往外跑的。」

「不，很可能得請妳們往外跑了。」

真琴責問：

「要報驗嗎？」

「不是。是『修正者』又留言了。」

聽到這個名字，連凱西的表情都嚴肅起來。

「昨晚在縣警網站的留言板留的。而且還有暗示謀殺的文字。在查他指的是哪個案子之前，我先來請教浦和醫大法醫學教室的意見。」

古手川邊說邊出示自己的手機。一看，上面顯示著縣警留言板的那則留言。

「季節錯亂的酷暑讓老人小孩難以調適。很多人都進了醫院。然而，犯人都是太陽嗎？難道裡面沒有一件是嫁禍給太陽的不白之冤嗎？請對不會言語的犧牲者伸出援手。修正者渴望修正。」

把同樣的東西給凱西看，她一臉不高興。

「我日文不夠道地，但該怎麼說呢，這種寫法一副話中有話的樣子。只有卡繆才會把殺人動機怪在太陽身上吧。」

古手川好像聽不懂，偷偷撞了一下真琴的手臂：

「吶，凱西醫師在說什麼？」

「法國有一本這樣的小說。」

「我們這可是現實。」

「光就這段留言來看，意思是死於熱傷害的人當中有可疑的案例吧？」

「對。事實上，氣溫超過三十度以後，就有五個人死於熱傷害。修正者所指的，多半是這五件裡的其中一件。」

「這五件是什麼樣的案例？」

「兩件在關西，一件在中部地區。其餘的兩件是東京都和埼玉市。」

照理說在埼玉縣警的網站留言的「修正者」不太可能會跑到關西或中部地區去。

「那麼，可疑的就是這兩件了。」

「東京都的案例是一位七十五歲的男性，在公園慢跑的時候突然說身體不舒服，緊急送醫，兩天後死亡。」

即使是受到同樣的陽光照射，同樣的熱氣包圍，還是有容易受到熱傷害的人和不容易的人。容易的是五歲以下的幼兒與六十五歲以上的長者、肥胖者、因腹瀉等有缺水現象者。

「另一件是埼玉市綠區的三歲女童。她是在家附近玩耍的時候失去意識，一樣是送醫急救，但在途中就確認死亡了。」

「這兩個人有什麼被謀殺的原因嗎？」

凱西插進兩人的對話。

「還說不上，我也才看了死者一覽表而已。對動機和背景都還一無所知。只不過七十五歲的老先生是警視廳的管轄，三歲的小女孩是縣警的管轄，要查比較容易。還有就是，」

古手川拎著手機晃來晃去，

「『修正者』的留言裡不是有提到『不會言語的犧牲者』嗎。老先生這邊，送急救之後都還有意識。但三歲小女孩從母親發現異狀到送醫途中確認死亡都沒有恢復意識。既然說到不會言語，我想應該是這個。」

凱西一臉贊成地點頭：

「關於這個小女孩的症狀，新聞有詳細報導過嗎？」

「只報了年齡、姓名，還有送醫途中死亡的事實而已，完全沒有提到有沒有恢復意識。」

換句話說「修正者」對於這個小女孩的死，知道相關人士才知道的事實。真琴與凱西對望一眼。

「那麼，古手川刑警認為是『修正者』殺害了這個小女孩？」

「還沒有到那個程度。我想請教兩位的是，有沒有可能以人為的方式造成熱傷害的狀態？」

真琴和凱西再度對望。要概略說明熱傷害，也許自己比日語怪怪的凱西更適任。

「首先呢，古手川先生，熱傷害有三個階段。輕度的症狀是暈眩和手腳麻痺。中度是頭痛和嘔吐。而重度則是嚴重高體溫、行走困難與意識不清。這當中輕度和中度因大量流汗導致鹽分與礦物質不足，呈現脫水狀態，到了重度則因下視丘的中樞神經麻痺喪失調節體溫的機能。換句話說，雖然有程度的差異，但都是因體溫調節不良所造成的。但是，會侵害中樞神經的並不是只有高溫而已。例如：濕度高得異常，也會使人體無法以排汗來調節體溫。」

「也就是說，很難以人為的方式造成熱傷害嗎？」

古手川苦笑著說。

「這是我的個人意見，」

凱西以這樣的前提發言，

「三歲的小朋友大部分的身體機能都還未成熟。對暴力的抵抗力也很弱。所以，只要有心，想要冒充生病加以殺害相對容易。如果動手的是身邊的親人，就更不用說了。」

凱西暗示的是來自父母的兒童虐待。萬一，這個三歲幼童是死於謀殺，那麼凶手是父母的可能性很高。這是虐童統計的相關結論之一。

聽到虐童古手川也皺起眉頭。

「總之，我會去調查一下這個案子。可能又要麻煩法醫學教室的各位了。」

真琴有不好的預感。

因為古手川這麼說的時候，大多都會成真。

＊＊＊

「所以啊，刑警先生。就跟你說我發現的時候，美禮已經氣若遊絲了。」

在偵訊室裡，瓜生悟志重複同樣的說詞。

「公寓的陽台是給她玩的地方。沒聽到她的聲音去看她怎麼樣了，就看她癱軟在那裡。所以就趕快和久瑠實叫了救護車。」

古手川在偵訊時仍一直盯著對方眼睛的動向。他二十七歲，所以和古手川同年。有著染成金色的布丁頭，穿著一身運動服。也許是典型小混混打扮的關係，讓他下巴留的鬍子也和那張窮酸的臉顯得非常不搭調。

瓜生於去年十月和單親媽媽比嘉久瑠實開始同居。透過共同的朋友認識的兩人一拍即合，當天瓜生就住進了比嘉母女的公寓。

瓜生的工作是建築工，但因為要跟著工地跑，所以並非每天都會回久瑠實她們的公寓過夜。一週當中大概有一半的日子不在。

「是啦，一定會有一些人因為我和美禮沒有血緣關係，就用有色眼光來看我。我自認是美禮的父親，也是蠻疼她的啊。當然，那個叫什麼？管教義務是嗎？我也沒有疏忽啊。別看我這樣，我其實是很喜歡小孩的。可是，出事的前一天我們連夜趕工啊。我不知不覺就累得睡著了。所以才發現得太晚……」

瓜生一張嘴忙著說個不停。視線也不斷游移，沒有定下來過。古手川心想，所謂的年輕和笨是不是如影隨形？會這樣說個不停的人只有兩種，不是落語家（單口相聲）就是想掩飾造假的人。因為經驗值低，欺瞞的手法也很差勁。

「你是說，四月十二日下午三點十二分美禮小妹妹被送去急救之前，你和母親久瑠實一直都在公寓裡？」

「我不就一直在說嗎。誰會把那麼小的小孩丟在旁邊啊。」

瓜生的話越來越沒分寸。不知是因為看古手川跟自己年紀差不多不想讓他主導，還是想佯裝生氣以增加自己的話的可信度。

「再說啊，說什麼因為美禮是拖油瓶我一定會對她不好，這根本就是偏見。是社會的刻板印象。的確是有那種狠心的父母，但我可不是。我是真的把美禮當成親生女兒看待。」

「親生女兒，是嗎？」

「怎樣啦？這樣講是在不爽什麼意思的？不要以為你穿得人模人樣就可以瞧不起人啦。」

雖然不是要反唇相譏，但這一句話燃起了古手川的好勝心。

你也給我節制一點，少瞧不起警察。

「剛才你說的都是真的嗎？」

「對啊，是要我講幾百遍。」

「那麼，就是有一邊在說謊了。」

「啊啊？」

「從你住的公寓開車十分鐘，有一家叫『洋龍』的小鋼珠店。店裡的監視攝影機啊，拍到了當天下午兩點四十分之前你和久瑠實小姐都在同一個機台前打小鋼珠的樣子。也就是說，不是你說謊，就是店裡的攝影機說謊。」

瓜生當下開始驚慌。

「根據店員的說詞，你是常客。一看到監視攝影機的影像，立刻就把你認出來了。啊，對對對，你那天還因為釘子會卡鋼珠叫了店員對吧。這件事店員也記得哦。」

剛才的囂張氣焰不知道跑到哪裡去了，只見瓜生的視線落在桌上，肩膀也跟著垂下來。

「那家小鋼珠店的防盜設備倒是很齊全。停車場也設了監視攝影機。嗯，久瑠實小姐的車是淡黃色的小車吧。你們兩個人上車的那一瞬間也都拍到了。可是奇怪了。你們兩上了車都好一陣子了，車子都沒有動。也不知道車上發生了什麼事，過了十分鐘車子才突然發動離開了停車場。這是下午兩點五十分的事。最近的醫院接到久瑠實小姐打的電話，是在十分鐘之後。從時間來計算，久瑠實小姐是一到家就叫了救護車。」

眼前瓜生的肩膀開始顫抖。不但笨，還膽小？只不過是一個謊言被揭穿就開始失控了。既然要騙警察，至少應該預備個兩重、三重謊吧。

「不過呢，最近的影片解析技術很厲害哦。以前太遠或沒對到焦就無法辨識的影片，現在經過數位處理連細部都清清楚楚。剛剛說的久瑠實小姐的車，只要經過解析，連車子裡的情況都看得出來哦。」

這是騙人的。攝影機設置的角度最多就只拍到久瑠實的車子的駕駛座，後座本來就在死角。然而對根本連有攝影機都不知道的瓜生而言，這麼單純的謊言也是威脅。他本來似乎以為光靠一個捏造的不在場證明就能開脫，所以當這個不在場證明一不成立，便形同毫無防備。

「要不要去調查一下那輛車的後座啊？」

「……咦！」

「四月十二日下午一點到三點之間，埼玉市內氣溫三十一度。在密閉的車內，雖然要看條件，但高溫可達五十度以上。在那種三溫暖似的空間裡被關上將近兩個鐘頭，不必是三歲小孩也會發生脫水症狀。這就是你們兩個人做的事。」

「不、不是的。」

「熱傷害是大量排汗導致鹽分和礦物質不足而無法調節體溫的症狀。美禮小妹妹一定流了大量的汗。就算換了坐墊，只要鑑識仔細一查，馬上就驗得出來。既然你說不是，那就來試試看吧。還是說，」

古手川說到這裡中斷，把臉一下子探過去。光是這個動作，應該就會造成無路可逃的嫌犯不小的壓力。

「讓你這就去再度面對現在沉睡在醫院往生室的美禮小妹妹如何？但這次，由我在旁邊陪你一個小時。」

結果瓜生嘴裡吐出了野獸般的低吼聲。一定是出自安心和絕望吧。瓜生露出總算清醒過來的神情，開始說出一切。

內容與古手川所料想的一模一樣。

他對同居對象的拖油瓶沒有愛。累的時候和想跟久瑠實親熱的時候，美禮的哭聲吵得讓他受不了。那孩子就是不聽話，一旦開始哭就哭得像尖叫一樣。所以雖然不至於去虐待她，但他從來不陪玩也不看顧，而美禮也不親近瓜生。

小鋼珠是瓜生與久瑠實少數共同的興趣。那天也是手握資金，到了「洋龍」的停車場。但這天美禮偏偏又開始要哭了。要是直接帶進店裡讓她在裡面大哭起來，肯定三個人都會被趕出來。

把她留在車上吧——這是他們兩個不約而同的意見。只要把窗戶開個手指頭粗的小縫，待在車上也不會窒息，而且反正他們打算一個小時之內就出來。

然而，一開始打就一直不斷遇到好像快「確變」又沒成功的場面，不知不覺就忘了時間。結果兩個人總共消費了四萬多圓才回到停車場，一打開車門就冒出一股非比尋常的熱氣。他們發現異狀，抱起趴著的美禮，但她已經意識不清，沒有任何反應。

再怎麼笨也明白他們處在什麼立場。再這樣下去，他們一定會被追究監護人的責任。

於是他們一回到公寓，便把癱軟的美禮放在房裡，立刻叫救護車。編了美禮在陽台上玩，玩到熱傷害的劇情。至少她是熱傷害沒錯，所以應該可以順利騙過醫院和警方。

即使是在製作筆錄的時候，古手川也怒不可遏。這既不是對父母不負責任的義憤，也不是對美禮的同情。感覺是更直接的憤怒幾乎要從額頭爆開來的。

這種感覺在取得瓜生的自白之後，也遲遲無法消退。

2

翌日，來到法醫學教室的古手川表情非常難看。

之前雖然也擺過臭臉，但第一次看他在這裡露出那種表情，所以真琴十分在意。

「怎麼了嗎？古手川先生。」

「什麼怎麼了？」

看他一臉不可思議地反問，可見那扭曲的表情是下意識出現的。

「唔，你的表情好像是去看完牙醫後踩到狗大便的小孩。」

原以為他會笑的，但古手川卻確認般摸摸自己的臉，然後冒出一句：

「比喻得真好，真琴醫師。」

「咦！」

「不但治療過的地方在痛，又踩到了和狗大便一樣可怕的東西。我從昨天就一直是這種感覺。」

憤慨與失望交織的語氣真琴也是頭一次聽到。

「凱西醫師不在嗎？」

「去上法醫學的課了。」

「那麼，就只有真琴醫師一個人看家了。」

古手川顯得稍微安心了些，

「真是不幸中的大幸啊。要是被凱西醫師看到，不知道會被做什麼精神分析。」

「……昨天出了什麼事嗎？」

「就是一般的偵訊啊。吶，那個三歲小女孩死於熱傷害的案子。拿到母親的男友的自白了。」

古手川所說的母親的男友的自白內容，的確令人唾棄。把年僅三歲的女兒丟在車上雖然不能原諒，但聽到他們打小鋼珠打到忘了她的時候，真琴只覺義憤填膺。

「這什麼父母……」

「因為工作的關係，我不知看過多少豬狗不如的人，但是……」

這句話又引起了真琴的注意。對付過不少凶惡罪犯的古手川，為什麼對一個放棄監護責任的父親如此氣憤？

「把孩子丟在車上導致孩子死亡，是什麼罪？」

「這種情況有兩種可能。一種是監護人遺棄致死罪，處三個月以上五年以下徒刑。另一種是重大過失致死罪，處五年以下徒刑、五年以下禁錮（日本刑罰，不需強制勞動的徒刑。但受刑人在牢房內亦不得擅自活動，隨時有人監管，受刑人精神壓力較大。有人認為比一般需強制勞動的徒刑更嚴格）、百萬圓以下罰金。」

「這兩個有什麼不同？」

「看當時的狀況和孩子的年齡吧。」

「可是，兩個都是最高五年以下的徒刑，感覺罰得很輕。」

「實際判決會更輕。過去也發生過同樣的案例，判了禁錮一年六個月，緩刑三年。等於事實上無罪。」

「那，這次的案子也……」

「嗯。很可能明明殺了一個人，判決的刑罰根本不算是刑罰。」

古手川說話時，真琴一直盯著他的臉看，簡直像是要在他身上看出一個洞來。

「怎、怎麼了？」

「就只有這樣！」

「什麼叫只有這樣……我最討厭兒童被殺害了。」

看他慌張地別過頭去的樣子，真琴輕易就察覺事情不止如此。可見這個人在說謊和隱瞞方面沒有他自以為的高明。

「我跟你說，古手川先生。我雖然不像凱西副教授那麼厲害，但精神分析我也不是不會。」

聽到這句話，古手川顯得有點慌，但真琴並不想這樣就放過他。

「我可不需要。」

「記得有一次，你曾經過我說，辦案忌諱個人感情。如果古手川先生心中對特定犯罪有所偏執，這不是也算有個人感情嗎？」

「是啦，也算是啦……」

「你有心理陰影？」

「真琴醫師幹嘛擔心我有陰影？」

「……我好歹也是個醫生。要是古手川先生因為這個陰影而犯下失誤，我也會於心不安不是嗎？」

這理由實在很牽強，但古手川小小沉吟幾聲之後，死了心似地垂下頭。

「還不至於是陰影，但我才剛當上刑警的時候，曾經負責一件很離奇的命案。」

古手川終於開始敘說的過去的案件，的確很駭人。凶手一而再再而三地極盡人體破壞之能事，也難怪這個案子會讓一整座城市都陷入恐怖的深淵。

而在偵訊當中，古手川認識了一對父子。這對父子讓學生時代就與父母切斷關係的古手川憶起了已一度忘懷的感傷。

「然而，父親卻殺了兒子。」

真琴說不出話來。

「我太瞎了。為了幫那個孩子報仇不顧一切四處奔走，卻一直到最後的最後都沒有發現真相。被我們組長一直罵我是不是沒長眼睛。」

「所以後來你就很討厭那一類的案子？」

「是啊。可是我也沒有因為這樣就半夜作惡夢，或是瞬間重歷其境，所以不到陰影那麼嚴重。只是會覺得極度不爽而已。」

真的嗎？——真琴很訝異。並不能因為沒有在半夜作惡夢就一口咬定不是心理陰影。就她所聽到的，古手川對殺子案的痛恨仍盤踞在他內心深處的可能性仍無法完全排除。

「這次的案子讓我最討厭的，是沒有動機這一點。」

「動機？」

「因為討厭小孩動手。為了錢動手。這些雖然讓人噁心反胃，但至少都還有理由。可是，比嘉美禮這個小女孩卻不為了什麼，只是不敵小鋼珠的魅力就被害死了。而且下手也不是積極的方式。只是被丟在車上。她受到的待遇，和東西沒有兩樣。」

古手川的語氣忽然變得很不痛快。

「她被關在車上長達兩小時。那天，車上的溫度隨便就會超過五十度。她就在沒有水，也幾乎沒有流動的空氣之中，一直等父母來救她等了兩小時。那麼熱，全身出汗，讓她漸漸無力。不久就連動都不能動，變得呼吸困難。這樣她還是繼續等。可是她終究沒有等到人……。一想像到她的絕望，就讓人覺得難以忍受。最多五年徒刑這種法律也讓人生氣。」

那個情景古手川一定在心裡描繪過很多次吧。他的話極有臨場感。

真琴深感不安。也許能夠描繪被害者的遺憾對警察而言是必要的資質。但太過深刻、強烈的憎恨有時會侵蝕本人。雖然也要兼顧職業意識，但被負面的熱情所驅策的行動往往沒有好結果，這樣的事真琴親身體驗過好幾次。

「可是，既然法律這樣規定，就不能再加重刑罰了吧。」

「所以更叫人生氣。」

這時候，一個熟悉的沙啞聲音插進來：

「管你生不生氣，你平常都是用這種廉價的感情在工作的嗎？」

聲音的來向，是光崎和凱西。

「還以為是誰在我的教室裡像個思慮短淺的主播似的大言不慚，果然是你。」

「思、思慮短淺的主播？」

「區區一個讀稿的，妄想發表自己的主張，才疏學淺之極，而你就和他們同列。不要把稚拙的感情帶到工作上。」

光崎這一喝讓古手川像隻被潑了水的狗一樣畏縮起來。對憤慨得即將沸騰的頭腦帶來恰到好處的冷卻效果。

真琴想起以毒攻毒這句話。只不過本來這些話都是由凱西包辦的。

「刑警不能痛恨犯罪嗎？」

「照你的說法，你痛恨的不是犯罪，你只是痛恨犯人。」

真琴心頭一凜。

真琴以實習醫師的身分被分派到內科時，指導教授也曾給過她類似的忠告。

「不可以對一位患者投入太多感情。感情是干擾判斷的元凶。」

世上有許多工作都必須先扼殺自己的感情才能面對。其中之一便是醫療工作者。這是真琴得到的教訓。也許古手川的工作也一樣。

「讓古手川刑警變得emotional的，是三歲女童死於熱傷害的案子吧。你已經去偵訊過父母了？」

一如往常，凱西以毫不掩飾的好奇心逼問古手川。本來案子就是古手川帶來的，所以他不能不給個交代。於是古手川一副心不甘情不願的樣子，重新做了一次剛才對真琴說過的說明。

「果然是很接近neglect的狀況。」

聽完說明，凱西以一臉不如我所料的神色點頭。這位副教授對一樁樁案件不會代入感情，而是直白地發揮她求知的好奇心，所以才不會觸怒光崎的吧。

「日本法醫學會也針對兒童虐待進行了抽樣調查，結果發現加害者以雙親佔絕大多數。我覺得這個傾向一年比一年嚴重。在美國，以法醫學的立場來防治兒童虐待的行動很發達，但日本似乎還差得遠，真是遺憾。」

雖然政府嘗試向各地的兒童相談所和社福單位推廣如何由外傷辨別是否虐童的知識，但目前仍很難說是全國性的推廣，與歐美相較的確起步較晚。

「那麼，古手川刑警，正式的解剖申請還沒下來嗎？」

凱西這一問，古手川一臉懊惱：

「因為同居人已經自白，我們一課長就認為沒有司法解剖的必要……。檢視官也從直腸溫度和死後變化的速度很快判斷是熱傷害。」

「蠢話說夠了沒？」

光崎罵人般說，

「不管是熱傷害還是凍死，在異常環境下的死亡都缺乏突出特徵。只憑直腸溫度就判定死因還得了。現在馬上去把遺體給我送來。」

「醫師是懷疑養父的自白嗎？」

「活人會說謊，但屍體不會。還不快去跟你上司交涉。」

古手川被轟出去似地衝出了教室。

想儘快將女兒火化——比嘉久瑠實這樣希望，也有了瓜生的自白，但光崎還是要求司法解剖。縣警方面基於預算考量，雖然想省下不必要的司法解剖，但既然解剖成效驚人的光崎都表態了，也不能不理。結果是搜查一課長栗栖讓步，同意讓美禮進行司法解剖。

「可是，這下課長對我的心證就變很差了。」

搬運美禮的遺體時，古手川這樣咕噥，光崎就一眼瞪過來。

「怎麼，你工作還時時刻刻在意上司的眼光？」

「沒有啊，我早就沒有那種值得嘉許的態度了。」

「既然身為公務員，要面對的不是上司，是人民。」

「人民喔，我倒是覺得我一天到晚被迫面對各位醫師。」

擔架上的遺體即使隔著白布也看得出相當幼小。真琴再次同情那具遺體。

真琴和凱西將遺體送進解剖室，古手川也跟在她們後面。

「古手川先生，你也要旁觀？」

「是啊。」

真琴覺得不妥。古手川對殺子出現那麼嚴重的過敏反應，要是又親眼看見美禮身上有被虐待的形跡，也許無法保持平靜。

「你又何必勉強……」

「我又沒有特別喜歡或討厭小孩。」

古手川逞強般說完，進了解剖室。雖然不知道他此舉是為了更進一步激發對凶手的憎恨，還是想習慣孩童的屍體，但勇敢與自己厭惡的東西對峙的態度值得學習。

三人換上解剖衣，將遺體放上解剖台，就輪到光崎出場了。

光崎一掀開白布，美禮的遺體便曝露在照明之下。

真的是一具好小的身軀。大概是本來就很瘦，四肢像樹枝一樣。看著都讓人於心不忍，但光崎觀察屍體表面，連眉頭也不皺一下。

令人意外的是，體表沒有看到任何跌撞、擦傷之類的外傷。受到雙親虐待的嬰幼兒幾乎個個身體某處都會留下暴力的痕跡，但美禮身上沒有。即使已死去兩日，身體依舊乾乾淨淨，沒有斑痕。

「將遺體改為俯臥。」

真琴與凱西合力為遺體翻身。遺體又輕又小，一個人也辦得到，但她們不希望因一時的疏忽損傷遺體。

翻身後的身體依然白白淨淨。後腦、後頸、背、臀部仍舊沒有醒目的外傷。光崎確認後微微點頭。

將遺體轉回正面後，光崎宣布執刀。

「這就開始。遺體是三歲女童。身體沒有外傷。相較於死亡時間，腐敗略微嚴重。驗屍報告的死因為熱中暑造成的多重器官衰竭。因而症狀極可能與猝死雷同。」

熱傷害依其症狀可分為三類。體溫並不會嚴重上升的熱痙攣與熱衰竭，以及體溫會嚴重上升的熱中暑。其中熱衰竭經過休息便可恢復，但嚴重到熱中暑便已超過人體體溫調節機能的上限，會引起多重器官衰竭。

「從開顱開始。鑽子。」

正如光崎所說，死於異常環境缺乏突出的症狀。但若死因為熱中暑，則會有顯著的腦水腫或血液濃縮。開顱便是為了加以確認。

「Stryker。」

光崎的手切開了頭蓋骨。或許因為頭蓋骨原本就屬於軟質，光崎的手術即使是在鋸骨這類的作業也保持靜謐。由於是以電鋸鋸開的手工作業，聲音會因鋸的部分與力道的強弱而有所不同。

但光崎手中的電鋸聲音維持一定，而且沒有雜音。這樣比喻或許有流於陳腔濫調之嫌，但無論如何真琴就是會想到藝術家。事實上，至今也曾有外部人士參觀光崎的手術，他們的眼耳都被他的手指動作所吸引，連咳嗽都不會咳一聲，從無例外。

不久頭蓋骨取下了，露出了由硬膜覆蓋的腦髓。硬膜是腦髓的保護膜，因此應該相當堅固，但光崎也輕而易舉地剝除了。

而當腦髓露出來時，奇異的感覺襲上了真琴。

腦髓到處都看不到水腫的情況。

這是表示死者雖然出現了熱中暑的症狀，卻還不到腦水腫的程度？

本想開口問，但光崎卻像早已料到般嚴肅地將硬膜放回。

「接著開腹。手術刀。」

一拿起凱西遞給他的手術刀，手指便像藝術家般動起來。有如在畫布上劃線般讓刀尖滑過，劃出Y字。切口遲遲沒有冒出血珠，是因為沒有多花半分多餘的力道便切開了。

真琴很快抬起頭，古手川就站在他正面。那雙看著解剖的眼睛固然沉靜，眼眸深處卻露出熾火般的暗光。

「不要看旁邊。」

在光崎的叱責下，真琴連忙收回視線。

切開皮膚之後接著切除肋骨。一股酸臭味立刻撲鼻而來，但不可思議地，感覺比成人的來得甜、淡，會是錯覺嗎？

光崎的手術刀彷彿一開始就鎖定目標般指向胃。即使考慮到三歲這個年齡，她的胃看起來容量還是很小。

一取出胃，便一刀切開胃壁，向兩側拉開。

真琴的眼睛再也離不開那裡。

胃的內部空空如也，什麼都沒剩。是消化殆盡嗎？連堪稱內容物的東西都找不到。

然而，放下手術刀換上鑷子，光崎的手指從中夾出了一個異樣的物體。

是一塊土黃色薄薄的碎片。非常仔細凝神細看，發現胃壁上還附著幾塊類似的碎片。

光崎將那碎片透著日光燈觀察許久，然後放到不鏽鋼盤上。

接著，光崎也切開了腸壁。但腸中也只有幾小塊同樣的碎片，找不到其他固形物。

「縫合。為了萬全起見，採取部分組織和血液。」

這樣就結束了嗎——真琴心中冒出無數問題，這時一直保持沉默的古手川開口了：

「醫師，那些碎片到底是什麼？」

真琴也有同樣的疑問。即使猜測是未消化的部分，但怎麼看也不像是一般消化器官裡的內容物。

光崎懶懶地瞥了古手川一眼，說：

「紙。」

3

「你要問悟志啊？哦，聽說最近他同居人的孩子死了嘛。我看到報紙了。才三歲不是嗎？真可憐。悟志這個人啊，是染了金髮，外表看起來一副小混混的樣子，可是他工作很認真，在工地是很值得信賴的哦。只是呢，認真歸認真，卻沒什麼欲望。像是想爬得比別人高啦，想比別人多賺一點錢啦，這些他都不會。只要夠他一個月生活和打小鋼珠就心滿意足了。所以我雖然也在同一個工地工作，對悟志一點都不會覺得有壓力。是啦，有時候是會覺得他很無趣。像他這種草食系的藍領是很罕見，但他就是這樣。咦，四月十一日？十一日的話，他之前就跟我們一起在茨城的工地，十二日上午才解散的啊。悟志也說，解散當天就要回去好好跟老婆親熱一下。」

「哦，原來帥哥你是刑警啊。古手川先生，是嗎？要跟你談談是可以，但我們也是做生意的，得請你點個東西……。咦，可樂？因為是值勤時間？好守規矩哦。那，至少請我喝一杯威士忌加水嘛。老闆！給我們一杯威士忌加水。嗯，久瑠實的班是傍晚七點開始一直到打烊，不過她有小孩，所以不是很固定。而且，說來不好意思，也沒有常客是為了久瑠實上門的。都快三十了還有小孩，身上就是會透出生活的滄桑味呀。哪有人來都來酒店喝酒了還想沾那種味道呀。她當然留不住客人。所以呀，在我們店裡會受到什麼對待，也可想而知吧。啊，不過，久瑠實本人倒不是那種見一個愛一個的人哦。她算是專情的。一認定這個人，就一頭栽進去，其他什麼別的她都看不見。說得好聽是純情。咦，說得難聽嗎？這還用問嘛。就是笨嘛，然後什麼都看不到，人肉核武。刑警先生有沒有遇到過？當然啦，要是長得漂亮，又是好人家的小姐，對自己一心一意，男人當然很高興，但被一個長相普普又有小孩的三十歲女人一心一意，不是心煩就是可怕啊。那個叫悟志的也來過我們這裡，像他那樣的人，更可愛、願意倒貼他的女人多的是。其實，我們店裡其他小姐就對他拋媚眼，他本人人好像也蠻有那個意思的。」

「縣警的搜查一課？那真是辛苦了。呃，是比嘉美禮小妹妹的事吧。那孩子真可憐。聽說是被丟在車上對吧。我們相談所也曾經輔導過她，所以我們也覺得於心不安。是的，去年十二月曾經接受過諮商。請稍等。我這就去找記錄……對，沒錯。十二月四日，是鄰居通報，我們的員工前往住家，將孩子帶回來加以保護。哦，是因為美禮小妹妹在陽台上哭叫。而且是半夜一點半的時候。因為季節的關係，要是一個不小心，感冒事小，糟的話可能會凍死。所以職員向母親了解狀況，說是小孩不聽話，所以先生為了管教把她關在陽台。是啊，當然也和她先生瓜生先生談過。結果他是說，正準備讓她進屋的時候不巧被通報了，一點都不覺得不好意思。我們也不能對父母親的說法照單全收，但掀開美禮小妹妹身上的衣服來看，都沒找到被虐待的痕跡。如果沒有明確的虐待事實，我們兒童相談所是無法強制接管孩子的。我想社會大眾一定又要痛批相談所處置失當，但身為相談所的員工，我們希望政府能夠儘快修法，讓我們能夠在事情惡化之前強制介入。這麼做雖然不是沒有抵觸民事不介入的危險，但應該以保護孩子們的生命安全為優先啊，你不認為嗎？咦？對瓜生先生的印象嗎？這個嘛，那對男女本身，似乎是典型的薪貧族，但很神奇的是，我對瓜生先生的第一印象還不錯。怎麼說呢？雖然不太用腦，但也很難就說他是壞人吧。」

「哦，住隔壁的比嘉小姐嗎。不是，因為美禮小妹妹報警的不是我。可是呀，就算不住隔壁，附近大家都知道美禮小妹妹遭到虐待。那孩子都會哭得驚天動地。可是春天以後，就越來越少聽到她的哭聲了，我還以為他們不再虐待她了。結果你看，就為了去小鋼珠店把人丟在車上。真的好淒慘哦。最近雖然沒怎麼看到，但美禮小妹妹以前都很活潑有精神。臉蛋和手臂都圓滾滾的。大概是從比嘉小姐晚上開始上班以後變糟的。所以啊，包括我在內，很多人都很後悔怎麼沒有早點幫忙，可是這種事實在很難，畢竟是別人家的孩子。只要對方一句少管我家閒事，就沒輒了。」

訪查完相關人士，古手川在縣警本部的鑑識人員陪同之下，前往比嘉久瑠實的公寓。

踏進玄關的那一瞬間，一股微酸的腐臭味就鑽進鼻腔。但是，房間裡又沒有屍體。古手川抽動鼻子，開始尋找異臭的來源。

在玄關就感覺得到內部凌亂的程度。隨手亂丟的衣服，便利商店便當的容器，發泡酒的空罐，垃圾食物的殘渣，垃圾筒塞不下的垃圾，不知什麼液體乾掉的水漬，以及地板上堆積的灰塵毛髮。

觀察一陣之後他明白了。異臭來自這些垃圾合而為一的味道，以及自甘墮落的生活。毫無秩序與計畫性，只是日復一日無意義地虛度的貧窮發出了餿掉的味道。

「我說，古手川啊，」

比古手川資深三年的伏屋邊打開鑑識工具，臉上邊出現想不透的表情，

「既然是渡瀨組長的要求，我當然不會不願意出動，但這個案子不是已經以棄置車中結案了嗎？再說，這算是生活安全部的案子吧？」

「要是能當生活安全部的案子了結，我們組長才不會介入。」

「話是沒錯啦……可是，真是吃力不討好。管別人的案子要是查不出個結果要被罵，要是查出結果一樣被罵。無論如何都倒楣。」

伏屋的話直指痛處。事實上，申請這公寓的搜索票古手川就聽了不少酸言酸語。但多虧是渡瀨的意思，即使發得不情不願還是發了，但要是沒查到東西，真不知如何面對。

「當上刑警的那一刻就開始倒楣了。」

「中肯。」

古手川讓鑑識自行去採集證物，自己在門前待機。因為沒有鋪供調查員行走的防污染通路帶，他一直等到鑑識工作完畢才進去。

只不過是個兩房兩廳的公寓，因為垃圾灰塵多，採集作業比預期的還久。

聽到伏屋的招呼，古手川終於進了客廳。雖然已經被鑑識課徹底翻過了，但荒廢的印象還是

「喔——，古手川，好了。」

不受影響。與此同時，也覺得好像哪裡怪怪的。

凡是家有幼兒的家庭必有乳臭味。然後一定有地方殘留甜甜的殘渣，再加上到處都是孩子喜歡的花俏的玩具用品。

但是這些東西都沒有出現在這間客廳。有的只是頹廢生活的味道。發泡酒的空罐和廉價香菸的菸蒂想必是瓜生或久瑠實的吧。這類垃圾髒東西完全蓋過了孩子的氣息。

依照久瑠實的說法，他們把後面房間當成寢室。古手川也進了那個房間。那是個以紙門隔起來的三坪日式房間。那片紙門也處處都被撕碎，破破爛爛的。榻榻米也有好幾個地方像是被抓耙過般起了毛。內部裝潢實在無法令人感到安心舒適，荒廢的浪潮也湧入此處。

古手川在悶痛之中想起自己的老家。古手川一家離散是在他高中的時候，那時候的古手川當然不是喝奶的孩子，但分崩離析之前的家冒出的正是這樣的味道。所謂的家族一定是一種生物，才會在死亡之際散發出腐臭味吧。

不，至少古手川是在有能力與世界對抗之後才脫離了家庭的幻想，可以說是幸福的。在品味孤獨與厭惡的同時，也知道了什麼是天倫之樂與愛情。然而，遇害的美禮卻只有三歲。她還不知道這個世界有和醜陋一樣多的美好，有和絕望一樣多的希望，就走了。

在法醫學教室親眼看到的那個太過削瘦的小小身體。一回想起來，一股灰暗的情緒便從丹田油然而生。雖然才剛被光崎罵過，但要靠理性來壓抑情緒是有限度的。

古手川搖搖頭甩開雜念，細看破掉的紙門。

4

美禮的遺體在司法解剖後，依照久瑠實的希望準備火葬。但在那之前，必須先完成領取遺體的手續。久瑠實正好被拘留在縣警本部的拘留所，領取遺體便順道在縣警的停屍間舉行。

在員警陪同之下來到停屍間的久瑠實，似乎對在場相關人士人數之多感到驚訝。

「請問……這些人是？」

「主動承辦妳女兒司法解剖的法醫學教室的人。」

在古手川介紹之下，真琴與凱西輕輕點頭行禮。

一直十分柔順的久瑠實態度突然有一百八十度的大轉變。

「就是妳們把美禮切碎的是吧！」

她朝兩人逼近，卻被員警手中的腰繩拉住，無法走超過三步。然而當久瑠實像隻貓撲過來時，真琴有如被釘住般無法動彈。

「解剖那麼小的孩子，那麼殘忍的事虧妳們做得出來。妳們這樣也算女人嗎？」

然後觀察了真琴和凱西，繼續罵道：

「哼，看起來就是沒有孩子。那就也沒有生產的經驗了。半個女人。」

「Excuse me。」
接招的是凱西。
「妳這幾句發言有雙重的不合邏輯。One，妳又沒有確認過有無妊娠紋，光憑外表斷定有無懷孕經驗，毫無根據。Two，沒有生產經驗的女子就不是成熟女性，這個說法沒有科學根據。」
「妳說什麼！」
即使有那句Excuse me，凱西的話還是等於對久瑠實的怒氣火上加油。
「這臭外國人放什麼狗屁！」
真琴在旁邊聽得提心吊膽，但凱西卻沉著得很，絲毫不為所動。
「還不安靜點。」
古手川不得不介入兩人之間，
「本來，非自然死亡就是全數要送解剖的。」
「非自然是什麼東西？」
「至少，被關在室溫超過五十度的車裡關到熱傷害，不能叫一般的死法吧。」
古手川這一教訓，久瑠實一副委屈得不得了的樣子噘起嘴：
「那個我們不是已經認錯了嗎。也反省自己做了傻事。我想說的是，都已經知道原因，也知道是誰造成那個原因了，為什麼還有解剖的必要。我只想趕快幫美禮超渡，好好送她最後一程，結果卻又要解剖……也許你們都把我們當成無血無淚的夫妻，可是你們自己還不是半斤八兩。」

大概是認為多說無益吧，古手川將載有美禮遺體的擔架從停屍間一角推過來。雖然解剖過，但縫合及其他後續處理是由光崎負責的，因此表面痕跡並不明顯。

「美禮！」

久瑠實以排山倒海之勢緊緊抓住遺體。

「對不起，對不起。都是媽媽不好，把妳關在那種地方。妳一定很熱吧，一定很痛苦吧。真的真的對不起……」

在與外界隔絕的停屍間裡，久瑠美的哭聲又長又響。雖然令人不忍卒聽，但古手川仍一直看著久瑠實的背影。

等到哭聲終於快停了，古手川一副這才想到的樣子，向久瑠實遞出一個手心大的盒子。

「這個也要請妳領回。」

「咦！」

「是妳女兒體內的東西。浦和醫大法醫學室的幾位幫忙仔細取出來的。」

久瑠實一打開蓋子，從中出現的是光崎自消化器官中取出的土黃色碎片。

「……這是什麼？」

「留在妳女兒的消化器官裡還沒消化的東西。顏色和形狀都變了，可能很難辨認，不過這是府上紙門的紙。」

「紙、紙門？」

「對，美禮小妹妹吃掉的。她肚子餓，妳卻什麼都不給她吃，實在餓得受不了，她就想撕碎榻榻米來吃。可是榻榻米不是一個三歲小孩的手指抓得動的。所以她撕了紙門，用紙門的碎片來充飢。紙門的成分與消化器官的內容物完全一致。我們也在房間紙門破掉的地方採取到美禮小妹妹的微量血液。她一定是拚命摳，摳到手指流血吧。」

古手川的語氣忽然激動起來。

「美禮小妹妹被關在車上導致熱中暑……但真相並非如此。這是你們安排的第二個陷阱。身為母親的妳，長達一週沒有給她任何食物，想餓死自己的親生女兒。所以以前圓潤的美禮小妹妹才會瘦得皮包骨。」

「我、我、我們怎麼會……」

「不是你們，是妳吧。」

古手川沒有表情的臉一下子湊到久瑠實面前。但熟悉古手川的真琴知道。他的面無表情是為了壓抑將自己燃燒殆盡的熊熊怒火而拚命加以掩飾的面具。

「妳叫救護車是十二日，但美禮小妹妹在那之前就已經處於絕食狀態了。瓜生一直待在茨城的工地，所以把她關在寢室裡是妳個人的行動。而十二日那天，回到家的瓜生發現美禮小妹妹已經餓死了，直接報警妳會被控殺人罪。於是你們選擇把美禮小妹妹的屍體搬上車，到小鋼珠店，故意把她放在車上。妳自己怕瓜生不愛妳，但瓜生還是以他的方式關心妳，所以才想救妳。也許妳會被處監護人遺棄致死罪或重度過失致死罪，但這些罪的刑罰比殺人罪輕得多了。在超過五十度的室溫當中，屍體腐壞的速度與平常不同，也會具有相當的溫度。你們大可說把美禮留在車上，卻又編造了美禮小妹妹在陽台上玩的第一個謊話，想要更完美地騙過警方。好了，說吧！最先提出計畫的是瓜生，還是妳？」

受到逼問，久瑠實的嘴唇開始發抖。

「我……我何必做那種事。」

「露出馬腳了吧。果然是瓜生照妳寫的劇本走啊。妳殺死美禮小妹妹的動機，就是對瓜生的獨占欲。妳認為只要沒有美禮小妹妹，瓜生就會和妳結婚，是不是？」

「不、不是。」

「既然妳說不是，那就不要對我說，對美禮小妹妹說啊。」

古手川揪住久瑠實的脖子，硬把她拉到美禮的遺體旁。

「剛才妳不是說媽媽怎樣又怎樣嗎。妳這種人根本不是母親。只是一個生過小孩的雌性。」

久瑠實終於開始嚎啕大哭。

「那兩個人全都招了。」

第二天，明明案子已經破了，來到法醫學教室的古手川卻顯得非常不開心。

「和我們料想的一樣。瓜生雖然和她同居，卻遲遲不肯登記。這就算了，還對年輕女孩分了心。她覺得這都是因為自己有孩子。年過三十人老珠黃的自己要是錯過這個男人，就不會有下一個了。那就只好殺了會妨礙自己結婚的女兒……」

「邏輯果然不通。」

凱西的簡評依然不留情。

「瓜生倒是對久瑠實不離不棄，所以一發現美禮小妹妹的屍體，就為了減輕久瑠實的刑罰答應了她的提議。結果只是被那女人耍得團團轉啊。」

古手川賭氣般說。真琴心想，好好一個大人簡直像個小孩。

不，不但是小孩，而且還是個憤憤不平的小孩。這麼一想，就覺得能夠原諒古手川對久瑠實說的雌性等極度無禮的話了。

「總之，這次也是多虧醫師們幫忙破了案。只是……」

「只是什麼？古手川刑警。」

「真不知道『修正者』到底是怎麼發現真相的？」

chapter

3

燒

1

黃金週一過，來錯季節的酷暑雖暫時平息，卻因籠罩關東地區的低氣壓急速成長，使首都圈曝露在有五月風暴之稱的強風中。十八日，蕨市塚越發生的一起民宅大火，原因之一便是這陣強風。

起火的是「福音世紀」中央教會。「福音世紀」是近幾年信徒慢慢增加的新興宗教，屬於基督教派，以此教會作為本部。

半夜冒出的火舌耗時九小時將整幢建築完全燒毀。但雖說是教會，建築物本身並沒有多大。僅僅是將一般住宅加工布置成禮拜堂，在屋頂上綁上一個十字架而已。由於基本上是木造建築，一旦起火便一發不可收拾。而且火災現場的住宅位於寬僅四公尺的窄巷，消防車因缺乏公德心的路邊停車延遲許久才抵達。心急如焚的消防隊員脫口而出的那句「買不起停車位的窮人就不要買車！」想必是真心話。

第二天早上，火勢終於撲滅的殘駭中發現了一具屍體。地點是緊臨禮拜堂的寢室，屍體推斷為「福音世紀」創立者暨教祖黑野耶穌，本名黑野光秀。

之所以說推斷，是因為當時會在這所教會過夜的便只有黑野光秀一人。屍體表面幾乎已完全炭化，甚至難以判斷年齡性別。

＊＊＊

敲打窗戶的風聲令真琴一顆心靜不下來。於是不出所料，她的煩躁被凱西看了出來。

「真琴，妳需要鎮靜劑嗎？」

「咖啡就夠了。」

真琴拉開購自校內自動販賣機的罐裝咖啡拉環。

「我倒覺得咖啡因會造成反效果。」

「在關鍵時刻，日本人就會拿出幹勁的！」

「哦，說到這，相對於盎格魯‧撒克遜民族偏愛鎮靜類的毒品，日本人則是專門偏愛興奮類的呢。」

「不是，跟這種無關。是在這麼忙的時候沒辦法優雅地打什麼鎮靜劑。」

和真琴開玩笑的凱西應該也很忙，但她的動作之所以顯得從容，應該是她熱愛解剖甚於生命的關係吧。真琴處理案件的能力雖然加快了，但她一點也不想喜歡解剖更甚於生命。

浦和醫大法醫學教室這幾週忙到極點。原因不用說，當然是「修正者」造成的。

自從埼玉縣警網站上出現來自「修正者」別有意味的留言，這一個半月以來，留言所暗示的事案當中的確是有需要司法解剖的，但也包括了自然死亡或意外等只需驗屍即可的，因此徒然增加法醫學教室的解剖次數。

就算解剖案增加一倍，法醫學教室的陣營還是只有三人。結果當然是只有稼動率直升，真琴等人為司法解剖與寫報告忙得不可開交。

「這種狀況要持續到什麼時候？『修正者』的目的該不會是要讓我們過勞死吧。」

真琴不禁發起牢騷，但凱西不知是否因每天能與屍體為伍而開心，沒什麼悲愴的樣子。

「但是真琴，為所有不自然死亡解剖，也是司法解剖的理想。我認為這才是本來應有的樣貌才對。」

「這種狀況繼續下去，很可能連我也會變成屍體。」

「到時候我會讓真琴優先送解剖室的。」

這種話出自凱西口中，最可怕的就是不能肯定她是在開玩笑。

不，其實包括真琴在內，解剖醫師過勞死本來就不是開玩笑。

全日本想從事法醫學的很少，以約聘講師的方式來授課的大學也不在少數。最近也出現了像鳥取大學和弘前大學那樣，因負責的教授退休或轉任，使縣內的司法解剖成為事實上不可能的例子。弘前大學也曾發生過因負責教授過勞而暫停解剖的情況。

「問題就在於職位呀。」

凱西說得輕鬆，

「只要全日本的大學都認清法醫學的重要性，肯增加教授的職位，再改善薪資等待遇，人力不足的問題馬上就會解決。才能都會往有錢的地方集中嘛。」

說是說得在理，但環顧這個教室，就會認為那是紙上談兵。在LED當道的這年頭，掛在天花板上的是舊型的日光燈。開刀所需的工具雖然是新的，但其他什物備品類當中不乏早已超過使用年限的東西。有斯界權威之稱的光崎藤次郎執教的法醫學教室都是這副德性了，其他大學可想而知。再怎麼樣，都不像是有錢的地方。

「可是，到底有多少大學會了解法醫學的重要性啊？」

「這就要看我們第一線人員的表現了。我們傾聽死者的話，點亮查出死因的明燈。只要堅持下去，就能提升法醫學的重要性。」

但在那之前，從事司法解剖的人只能繼續辛苦——這一點也不稀奇。於是討論又回到原點。

真琴正要回應時，教室的門開了。進來的是個意外的人物。

「打擾了。」

「鷲見檢視官……」

「光崎教授在嗎？」

這個問題由凱西回答：

「教授到弘前出差，後天才會回來……檢視官今天怎麼會來我們這裡？」

凱西說話如此開門見山，似乎令鷲見有些吃驚。

「其實是有個解剖案，想來確認一下可不可以送浦和醫大。最近因為件數實在太多，我有點擔心……結果不出所料。」

聽到解剖案，凱西的眼神就不同了。

「還是應該送其他醫大嗎？」

「Excuse me，檢視官。那是什麼案子呢？」

「昨晚在蕨市發生了一起住宅失火，從殘骸中發現了燒死的屍體。轄區同仁認為是殺人放火。檢視是由我負責，我也認為有他殺嫌疑。」

「您判斷為他殺的根據是什麼呢？是屍體上有足以判斷為他殺的痕跡嗎？」

「不，屍體本身表面炭化嚴重，無從判斷。也不知道有無刀傷槍傷。只是從現場的狀況，幾乎可以肯定是人為縱火。」

站在兩人之間的真琴不禁模糊地想像燒死的屍體。之所以沒有具體的想像，是因為她從來沒有親眼看過實物。分發到法醫學教室以來，雖然看過好幾具屍體，但至今從來沒有遇見燒死的屍體報驗。

「被害者是新興宗教的教主。雖然不能說有絕對的因果關係，但的確有人憎恨被害者。現場也留下了潑灑煤油的痕跡。」

「是邪教那類的團體嗎？」

「我也還沒有得到這方面的資訊。畢竟還在初步偵查的階段。我所知道的就只有化成焦炭的屍體而已。」

鷲見顯然認為久居無用，轉身就要離開。

「總之，教授不在就沒辦法了。這次我到別的地方問問。」

他說的沒錯，光崎不在事情談不下去，所以真琴和凱西也只能目送鷲見離去。

然而，這件事情並沒就此結束。幾個小時後，換另一個人來到了法醫學教室。

「大家好。」

古手川照例一派輕鬆地進來。這個人到底會不會有緊張的時候？

「真琴醫師，光崎醫師呢？」

「出差了，後天才會回來。」

一這麼說，古手川便露骨地把失望寫在臉上。

「那就有點不妙了。雖然署裡是可以保存兩天。」

「保存什麼？」

「燒死的屍體。」

真琴不禁和凱西對望一眼。

「那個，該不會是新興宗教的……」

「原來妳們兩個已經知道了啊？」

「剛才鷲見檢視官來過。好像是在送解剖之前想先確認一下我們的稼動率。」

「哦，原來大家想的都差不多。而且有本事處理那麼焦黑的往生者的也只有光崎醫師了。」

這時候凱西插進來。完全不掩飾她好奇的態度。

「那個案子是古手川刑警負責的嗎？」

「是啊。雖然不是因為燒死才可疑，但這個案子的確有股可疑的味道。」

「好想了解一下詳情喔。」

凱西請古手川坐。她自己已經先坐下了，所以形同半強制。

「反正你是打算請我們解剖嘛？」

「可是最重要的光崎醫師又不在……」

「光崎教授願不願意解剖，我看得很準哦。」

「……反正我也只知道新聞會播報的消息，告訴妳們也無所謂。凱西醫師，妳談屍體的時候雙眼發光的毛病，能不能改一下？」

據古手川說，燒死的屍體雖然應該是「福音世紀」教祖黑野光秀，但當然已經送去做DNA鑑定。

「到底燒到什麼程度？」

「全熟啊。」

意思是，連裡面都熟透了吧。這和鷲見的話也吻合。

「想確實解剖那種狀態的遺體，只能請光崎醫師出馬了。」

雖然贊同他對光崎的信任，但真琴不曾解剖過像木炭般的屍體，心裡還是覺得不可能。

「然後，那個叫作『福音世紀』的教團，或者應該說，他們的教祖黑野耶穌就是我覺得可疑的原因。」

黑野光秀這個人本來是自我啟發講座的講師。五年前的某個早上，聽到了神的聲音，從此開了眼。

「這是從教團發的文宣抄來的，他說那時候神對他說：『除了我，基督，其他的神都是邪神，因此必須經常與之搏鬥。你身為神的使者，有義務完成任務，你將在執行任務中得到莫大的祝福。』」

從譏諷的語氣可以聽出古手川對這番教義採懷疑的態度。

「古手川刑警信什麼教？」

「哦，我沒有宗教信仰……只不過，這個姓黑野的好像也有幾分領導者的光環，五年內贏得了五百多個信徒。我們問過幾個信徒，他好像很有吸引力的口才。也許是從啟發講座學到的。」

到此為止都是新興宗教興起常見的情形，但一如古手川的預告，黑野教祖的言行逐漸變得越來越好戰。

「說好戰嘛，也就是到有名的神社宮廟去，拿成分可疑的油潑人家的建築。他本人是主張什麼『以聖油淨化邪神』，但我問過很了解基督教的上司，人家說沒有這種教義，所以這個應該是黑野自創的吧。」

照這些聽起來，幾乎根本就是邪教了。

真琴也忍不住想插嘴說上幾句：

「你剛才說可疑的味道，應該是詐騙的味道才對吧？」

「可疑的我還沒說呢。就是這類新興宗教無論如何都撇不清的布施問題啊。」

基督教派談布施也真奇怪，但黑野本身稱之為淨財。

「金銀珠寶還不夠，最後連信徒的證券、不動產也一併搜括，用來作為教團的營運經費。這也是常有的事，就是為了這些財產和信徒的家屬鬧個沒完。甚至有家屬因為痴呆的母親被騙走了私房錢，放話說要殺了黑野的。還沒完哦。教祖就算了，信徒之間為了爭教團老二的寶座也糾紛不斷。」

「咦，可是，老二的寶座都還沒爭完，教祖怎麼就被幹掉了？」

「這我也不知道啊。」

古手川鬧脾氣地說。最近真琴發現，這個人對她好像一點都不知道什麼叫客氣。而自己也不覺得反感。

「可是邪教不分程度，通常都有短視這個毛病。內部都分裂了乾脆連教祖一起送上西天——就算有這會這麼想的笨蛋也沒什麼好奇怪的。」

「從殘骸裡發現的就只有黑野教祖而已吧？這麼說，被害人獨居嗎？」

「嗯。『福音世紀』的教義很多都是騙人的，但黑野本人公然宣稱是以天主教為原典，自己也堅持單身。所以在教會裡也是一個人住。」

「你說現場有潑灑煤油的痕跡對吧。這麼說，是趁教祖睡著的時候放火的嗎？」

「這也很難說。」

古手川一臉不高興地皺起眉頭。

「煤油潑灑的地點也包括玄關在內。若說是被害者在玄關點了火再退回屋裡就太不自然了。我們也討論過自殺這條線，但如果只是要自殺，又何必費事燒房子？再加上，屍體沒有掙扎的樣子，呈仰臥姿勢。除非被害者真的睡死了，不然在滿屋子都是煙的時候通常就會醒了。那就應該會找出口求救才對，但實際上他並沒有踏出寢室。而且也沒蓋被子。所以導出的推論是，他是在房內被殺害後遭到縱火。」

殺人縱火——其中的凶狠暴戾讓真琴很不舒服。雖說送進法醫學教室的死法沒有一件是讓人舒服的就是了。

「專案小組已經列出嫌犯名單了嗎？」

「就像我剛才說的，是有幾個有動機的人，可是現在也才剛著手調查不在場證明而已。只不過犯案時間既然是在半夜，多半沒有幾個人的不在場證明是成立的。畢竟是絕大多數人都在家睡覺的時間。獨居的人就不用說了，即使是與家人同住，同住的親人的證詞又不能採信。」

這幾句話也引起真琴的注意。

她認識古手川超過半年，知道他會這麼說，就證明偵查已經到了一定的程度。換句話說，不等不在場證明出爐，古手川或專案小組便已經過濾出幾個主要的嫌犯了。

為了逼出實話，真琴一直盯著古手川的眼睛，對方很快就舉白旗了。
「不要這樣瞪我啦，真琴醫師。好啦，我說就是了。現在專案小組懷疑的嫌犯有三個。首先是母親的私房錢被搶的兒子。不久前他才組成了『福音世紀』受害者自救會，連日進行抗議活動。也試圖搶回信徒，但並不順利，顯然十分心急。第二個是教祖黑野的心腹，過去與教主疑似有男女關係。她是教團目前的老二。然後是這個女人的前男友，現在仍在教團裡的男子。這傢伙可能由愛生恨，想把她拉下老二的寶座。」
「哦，你們剛才那是互瞪嗎？」
聽著兩人談話的凱西突然插進來說起風涼話，
「在我看來卻像是熱烈的視線交纏啊。」
真琴趕緊回頭，只見凱西已經把手機拿出來了。
「……妳剛才在做什麼？」
「真琴妳們忙著說話的時候，我發了簡訊給光崎教授。問他說有一具全熟的屍體，浦和醫大該不該接下司法解剖。」
雖然難以想像那位老教授拿著手機的模樣，真琴還是戰戰兢兢地問：
「所以在等教授回信？」
「用不著等。光速回覆。教授說『要解剖』。」

2

光崎答應了司法解剖，真琴便立刻與蕨署聯絡，請對方將屍體送到法醫學教室。本來就是鷲見檢視官來詢問過解剖的案子，既然光崎答應了，應該會立刻辦理移交手續才對。

然而電話那頭的負責人卻非常為難：

「真是抱歉，要現在馬上送恐怕有困難。」

聽起來好像有什麼隱情。

「有什麼不方便的嗎？」

「不是親屬，是有個自稱是被害者信徒的團體要求領取教祖的遺體……」

信徒。教祖。

光是這些名詞便足以使真琴了解現場大致的狀況。

「專家的意見有幫助嗎？」

「如果不會太麻煩的話，您願意來是再好不過了。」

一掛電話，真琴就準備外出。在旁邊看著真琴講電話的凱西好像也明白了狀況，理所當然打算同行的樣子。

「需要專家的意見，就代表有不講邏輯的人在礙事。」
真琴忽然想到。
就這次的狀況，讓徹頭徹尾講究邏輯的凱西去說服對方也許更適合？
「凱西醫師會怎麼說服信徒呢？」
「我不考慮說服他們。」
凱西答得很快。
「美國也有瘋狂的邪教團體，邏輯對他們不管用。因為他們信奉的是魔法。」
「凱西醫師也沒有宗教信仰嗎？」
「我是正宗的基督徒呀。可是，一般信徒和瘋狂信徒是截然不同的兩種人。不是程度的差異，是本質上的不同。所以能溝通的部分很少，共同的語言也不多。因此要說服也很困難。」
真琴對於所謂本質上的不同一竅不通。這是緣自於日本人對宗教觀極其大而化之的國民性嗎？
「真琴有特定的宗教信仰嗎？」
「我家是信神道。」
「Oh，萬物皆有神是嗎。可是，妳也不會因為這樣就否定基督教或佛教，也不會排斥他們的信徒對不對？」
「嗯。我會慶祝聖誕節，也很尊敬和尚。」
「我也一樣。我是基督徒，但也會去新春參拜，也不會破壞佛壇。可是邪教團體的瘋狂信徒就不是。他們認定別的宗教都是邪教，信徒個個都是惡魔的爪牙。本來，宗教是要救人的。教義裡有貶低他人、殲滅他教的宗教，就不是健全的宗教。純粹是獨裁者的口號。」

她們一到蕨署，立刻就在一樓服務台目擊一場爭執。三名警官與看似被害者相關人士的一男一女。沒想到古手川也出現在警官之中。

「所以呢，還沒有經過司法解剖，無法交還遺體。」

「我不准任何人傷害師父的聖體。現在馬上就還來。」

「呃，可是妳又不是家屬。」

「師父和我是心靈上的結合。比血緣更濃厚，比戶籍更深遠。」

「沒有血緣，戶籍上也沒有關係，這就叫作第三者。」

「我們是師父忠實的使徒。你不得加以侮辱。」

和警官僵持不下的是一名三十四、五歲的女子。只見她一頭長髮亂舞地主張權利，就知道她是那種令人想退避三舍的類型。

男子雖然不像女子那麼誇張，但也是散發出劍拔弩張的氣氛與警官對峙。

古手川的表情也很誇張。那兩人的抗議雖然聽來振振有詞，但了解古手川為人的真琴很清楚他已經快受不了了。和凱西一走過去，最先發現她們的也是古手川。

「哦，真琴醫師和凱西醫師。」

他之所以看起來鬆了一口氣，是盤算著把協商的任務推給她們嗎？

「這兩位是浦和醫大法醫學教室的醫師。」

女子是本条菜穗子，男子是相馬定。根據他們的自我介紹，菜穗子是教團的事務局長，相馬是公關部長。

「法醫學教室，那麼就是打算切碎師父身體的人了。妳們來得正好。我們正在向這些有理說不清的刑警抗議。」

菜穗子轉頭惡狠狠地對古手川說：

「你看起來還像講道理，我就跟你說。現在馬上把師父的聖體還給我們。」

「非自然死亡的屍體經由檢視官通報送往司法解剖，這是規定。在完成前屍體無法歸還。」

「我說過了！沒有受過師父祝福的人對師父的聖體動刀就是惡魔的行為！要是敢那麼做，動手的人會立刻失去語言能力，精力頓消。」

「失去語言能力，精力頓消嗎？」

聽到這，古手川壞心眼地笑了。

「這樣我就更想送解剖了。如果能讓那位醫師再也無法毒舌，就太美妙了。」

讓光崎精力頓消固然是個頗具魅力的提議，但真琴並沒有接口。

「讓我再說明一次，只是信徒無法無條件歸還遺體。」

「只能憑血緣和文件來證明關係，多麼低俗。反正，與師父的聖心無緣的人，只會以這種污穢的常識來思考。」

獨善式的想法到最後終究會侮蔑自己人以外的人。這正是脫離邏輯的佐證。

「不進行司法解剖無法查明死因。就算無法逮捕殺害教祖的人，你們也不在乎嗎？」

「關於凶手，我們已經有眉目了。」

插嘴的是相馬。

「根據我們公關部自行調查，殺害師父、對本部縱火的凶手除了甲山高志以外，不可能有第二個人。專案小組請立刻將他逮捕、以司法加以制裁。否則我就以瀆職告你們。」

菜穗子固然煩人，但相馬也一樣麻煩。如果是真琴她們抵達之前，就一直在應付這兩人，也難怪古手川一臉煩不勝煩的樣子。

「你們啊，我已經說過好幾次了，我們是民主國家的警察。沒有證據就不能逮捕、不能拘留、不能判刑。我不管你們拜的神給你們託了什麼夢，但連一根頭髮都比那個重要。」

古手川的說法雖然有理，但聽在偏執於宗教的人耳裡根本就是侮辱。菜穗子和相馬立刻針對古手川的話發動反擊：

「你這是冒瀆師父！馬上收回你的話！」

「姑且不管證據，對師父心存惡意的人沒有幾個。其中甲山平日就對師父有明顯的殺意，極盡誹謗中傷之能事。根本不必調查他的不在場證明和指紋。他就是凶手。」

真琴不禁與古手川對看。她絕不認為兩人是同類，但一起從事與屍體相關的工作長達一年以上，他們一致同意菜穗子和相馬的說詞同樣惹人厭。

古手川的耐性差不多已經到極限，就快爆炸了吧——才這麼想，凱西當場擋在菜穗子她們面前。

「兩位的話非常沒有道理。」

對於突然冒出這句話的紅髮碧眼的人物，菜穗子她們愣住了。

「偵辦命案和司法解剖都是科學的產物。這裡沒有神秘學介入的餘地。沒有證據就要逮捕凶手。未經解剖就要認定死因。這些都不合邏輯，實在不是活在二十一世紀的人會有的感覺。兩位口中的聖體指的多半是令教祖的屍體，但組成人體的是氫、氧、碳、氮、磷、硫、鈉、鈣、鉀、氯、鎂、鐵、銅、鋅、氟、碘、硒及其他共二十九種元素。而這些物質絕大多數在二千度的完全燃燒之後會消滅，只會剩下灰。人體只不過是有機物與無機物的集合。因此切割、損壞這個集合的人生理上會受到不良影響的說法，不科學得離譜。我個人是天主教徒，但也很清楚基督復活是神話。同樣的，你們說的也是純粹的神話，而你們抗議解剖的行為，就和晚上剪指甲就不能給父母送終的民間傳說沒有差別。」

「妳、妳說什麼！」

真琴輕輕嘆了一口氣。一看，古手川也是一臉失望地仰頭看天。

要凡事講究邏輯的凱西說服信徒根本就是大錯特錯。這樣根本不是說服。反而是挑釁。

「既然如此，『福音世紀』的所有信徒都會來阻止你們對師父的聖體動刀。我會召集所有信徒，包圍警署。」

「妳要是這麼做，我會以妨礙公務逮捕所有人。」

「有本事就試試看。你會親身體驗到究竟是蕨署的員警多，還是我們信徒人數多。而且，我倒要看看這裡的員警敢不敢對我動手。」

事情越來越無法收拾，結果古手川他們請求支援，把菜穗子她們趕出去了。

「我還以為妳們是來滅火的，結果反而火上加油。」

一起走菜穗子和相馬，古手川就大吐苦水。矛頭指的當然是凱西，但不時飄向真琴的視線也包含了責怪之意。

「學者沒有必要配合瘋狂信徒的歪理。還是說，古手川刑警，你對她們的神話抱著一絲同情？」

「別開玩笑了。只是因為蕨署有不能太強硬的理由。」

不同於平常的欲言又止讓真琴好奇。古手川會出現這類躊躇，都是他自己以外的別人有苦衷的時候。

「古手川先生，這次的事蕨署有什麼不方便的嗎？」

結果古手川一臉意外地朝真琴看：

「妳怎麼知道的？」

「……感覺。」

「剛才大呼小叫的事務局長，是蕨署幹部的女兒。」

哦，原來——這下真琴明白了。古手川是縣警就算了，但難怪蕨署的警察都怕怕的。

「她父親也數度勸她脫離教會，但都勸不動，身邊的人越是反對，她對黑野耶穌就越是傾倒。現在雖然和父親不相往來，但署裡的人確很為難。」

「司法從業人員的親屬出現邪教信徒這種事，每個國家都有呢。」

凱西有點慍色，

「我算是沒有職業歧視的人，但還是不得不質疑司法從業人員的家庭教育。他們是不是都以工作繁忙為由，沒有好好陪孩子？如果有正常的skinship，應該不會養育出那麼瘋狂的人才對。」

真琴心想，這就已經夠職業歧視的了。

「還有另一個麻煩。之前我也說過，那個本条菜穗子和相馬定，與死去的黑野三個人是三角關係。」

古手川從別的信徒那裡重新訪查到的背景如下：

最初，剛入會的菜穗子行為舉止像個柔順的使徒，與先行入會的相馬相戀。然而，隨著菜穗子在教團內地位爬升，她對黑野也更加傾倒。不，或許應該說，她對教主的傾倒使她的地位越爬越高吧。而當她晉升為事務局長，便開始自稱為教祖之妻。

相馬自然感到沒趣，但情敵是教祖，又不能一下就背叛。於是一邊和菜穗子爭教團老二的地位，一邊對黑野妒火中燒。

「換句話說，現在教祖死了，相馬就想和菜穗子小姐破鏡重圓？」

「好像是。可是菜穗子那邊，人都已經死了還是一副矢志追隨黑野的態度，所以相馬十分心急。然而，偏偏對於處理黑野屍體這件事兩人又意見相同，事情就更麻煩了。根據『福音世紀』的教義，黑野會像基督那樣復活，所以聖體不能受到人為傷害。」

「咦！可是不是被火災燒到幾乎全部都炭化了嗎？」

「他們是說，不是人為造成的外傷都沒關係，自殺也包括在內。自殺是禁忌，這是源自於基督教。即使生理上因意外或天災而死亡，只要留下遺體，經過教團的儀式，將來總有一天會復活……他們的教義是這樣。」

不知是不是對教義內容非常不滿，古手川說得很不高興。

「愛慕黑野的菜穗子也有動機。她雖然自封為教祖之妻，但黑野本人卻完全不把菜穗子當女人看。在這方面，他倒是和眾多招搖撞騙的教祖不同，值得欽佩，但菜穗子卻煞不住車。自己這麼由衷愛慕，對方卻不屑一顧。有些信徒懷疑她會不會是因此而惱羞成怒。」

「還有另一個，某位信徒的兒子也被列入嫌犯之中對吧。那就是剛才相馬先生也提到的，甲山是不是？」

「嗯。他說他母親存的私房錢現金兩千萬被教團騙走了，連日前來抗議。他是這樣一個人。」

古手川取出自己的手機滑了幾下，把畫面拿到真琴面前。

「**『福音世紀』討回家人與財產自救會　代表甲山高志**」

設計看來十分陽春外行的網頁採用的是被害者自救會的體裁。內容主要是因教團而受到有形無形的損害的人所寫的留言與自救會代表甲山的回覆，以及他的部落格。

「制裁騙子黑野！光是目前所知，黑野從信徒榨取的財產就已達數億圓。然則訴諸警方，他們卻以民事不介入的原則為由，不願進行調查。因此我們有志者應團結一致，直接制裁黑野！」

看著甲山的文章，真琴感覺到困惑。若當作被害者的心聲，甲山的說法也不至於令人無法苟同，但他的論調與之前聽到的菜穗子和相馬酷似。歌頌極端教義的人，與高喊自己受害的人，雙方的論調彼此相像，除了諷刺也無可形容了。

「甲山為了搶回被騙的錢，找警方和律師諮詢過，但都被告知詐欺難以成立，所以相當著急。這是因為甲山本身有鉅額負債，想盡辦法要拿父母的錢來還債。」

說穿了甲山也是為了私利私欲才搖旗吶喊的啊——真琴有點幻滅。這樣，告人的人和被告的人等於是半斤八兩。

「而這三個人在起火時都一樣沒有不在場證明。如何，三人都可疑得不能再可疑了吧！」

「那兩個信徒堅拒司法解剖，會不會不止是為了教義，而是更想隱瞞犯案的形跡？」

在親眼目睹那兩人的言行之後，真琴也認為凱西這番懷疑頗有道理。

「古手川刑警，順序雖然不太對，但請讓我看看那具遺體。」

凱西的好奇心很快就轉移到屍體上了。她果然和光崎一樣，覺得死者比生者更迷人。

相對於好奇心十足的凱西，老實說真琴有點退縮。來到法醫學教室之後雖然看過不少屍體，但燒死的這還是第一次。

前往停屍間，取出冰櫃。即使隔著屍袋，也知道屍體絕大部分都燒毀了。

一打開袋子的那一瞬間，本應習慣了屍臭的鼻子差點驚聲尖叫。

不光是平常的腐臭。與動物性蛋白質燒焦的味道渾然一體，變成猛烈的刺鼻味。光吸了一口，胃裡的東西就好像要出來見人。

視覺上也令人鼻酸之極。表面幾乎都炭化了，但有好幾個地方的皮膚燒傷露出烤焦的組織與骨頭。變色與收縮嚴重得甚至無法分辨性別。全身關節屈曲，是因為肌肉量多的骨骼肌受熱凝固而收縮。而當然，炭化的皮膚無從確認外傷。

然而，應該說不愧是凱西吧，只見她逼近到幾乎要碰到燒死的屍體，視線不放過任何一個小地方。真琴曾聽她本人說她嗅覺較一般人靈敏，那麼看來她對味覺的偏好一定異於常人。

「與地板接觸的部分雖然免於炭化，但還是無法判別死因是吸入有毒氣體還是灼傷。體內深處似乎還有血液殘存，應該能從血中測出血紅素值。」

聽她那輕快至極的語氣，肯定是巴不得早點解剖。真琴不禁與古手川對望一眼，只見他一副受夠了似地搖搖頭。

封好屍袋正準備搬運的時候，一名員警驚慌地衝進來。

「古手川先生，請暫停搬運屍體。」

「怎麼了嗎？」

「『福音世紀』的信徒包圍了我們警署。人數少說也有三百人。」

3

真琴和古手川從一樓看出去，人們三三兩兩群聚在警署前。員警圍起了路障，所以還沒有闖入警署的樣子，但聚在那裡的信徒個個表情可怖。

真琴對宗教雖然沒有偏見，但看著他們的臉無論如何就是會聯想到「盲目信仰」。他們會憑蠻力妨礙真琴她們運送黑野的屍體。為了教祖竟不惜訴諸暴力，果真如凱西所說，不是什麼正派的宗教。

「強行闖關可能會出現傷患。」

「傷患？」

「一方面寡不敵眾，再者警察又不能傷害市民。群眾一旦形成群眾心理就夠麻煩了，如果又是信徒，一個不小心就會死無全屍。」

古手川以平鋪直述的語氣說著危言聳聽的話。

「從後面逃走呢？」

「妳也聽到了吧。三百個人包圍了警署。」

「那，你打算要怎麼到浦和醫大？」

「我倒是有個好主意。剛好剛才發現了一個好東西。」

「什麼主意？」

「我想應該快回來了……」

等了一會兒，一個快遞員推著大型推車出現。

「很老套就是了。」

說完，古手川朝快遞員走去。

「不好意思，請協助辦案。」

突然有人這樣開口，快遞員愣住了，古手川把他拉到後面去。幾十分鐘後，再度現身的古手川一身快遞員的打扮。放在推車裡的，恐怕就是黑野的屍體。

「……真的是很老套耶。」

真琴又好氣又好笑，古手川一聽，有點不高興。

「老套才是王道。換個說法，這是正攻法。」

這種胡扯硬拗的歪理，肯定是跟他那個上司學來的。

「真琴醫師和凱西醫師快回浦和醫大吧。我一定會帶屍體去和妳們會合的。」

說完，古手川推著車打開門，走進信徒中。

「不好意思，借過一下。我還有貨要送——」

只見他扯著嗓門邊喊邊走，那些信徒像被他的氣勢壓倒般讓了路。

凱西在後面看著，愉快地拍了真琴的肩。

「他真是good job呢。」

「那樣也算？」

「任誰也不會想到自己的教祖就被裝在那推車上從眼前經過。這是盲點呀。」

古手川推的推車在信徒之間東鑽西鑽地抵達了快遞業者的貨車。大概是打算離開了這裡再移到警方的車上吧。

「真琴，我們也快走吧。要是屍體先到了我們卻不在，光崎教授會自己先動刀的。」

真琴本想回說不至於吧，但立刻判斷非常可能，便跟在凱西身後。

一開車，信徒立刻就圍上來。真琴看到相馬，不知為何卻不見菜穗子。本來這輛車的規格就無法載運屍體，那些人一知道車廂是空的，就讓她們走了，乾脆得倒是讓真琴意外。大概是除了教祖的聖體，別的他們都不關心吧。

「偶像崇拜也太誇張了。」

平安脫離信徒的封鎖之後，凱西毫不掩飾她的不解。

「我們不解剖，屍體還不是照樣會腐敗、分解。以這種東西作為崇拜的對象，到底有什麼好開心的，我實在無法理解。」

「可是在日本人獨特的生死觀念裡，也有不單純將屍體視為物體的想法不是嗎？」

「拜託，一半以上都炭化了耶。」

凱西還是一付難以接受的樣子，咕噥個不停。

不久，兩人抵達浦和醫大。大概是一路警笛開道吧，運送屍體的廂型車已經停在旁邊了。

真琴與凱西匆匆趕往法醫學教室。要是光崎已速速換上解剖衣，不等兩人就動刀的話，不知道事後會被罵成什麼樣子。

但代替板著臉的光崎等候她們的是古手川，而且竟然和菜穗子吵得正凶。蓋著白布的遺體就躺在解剖室前的擔架上。

「這個人怎麼會在這裡……」

真琴還在吃驚，凱西就語帶遺憾地說：

「一定是追著古手川刑警來的。否則不可能比我們還早到。他都換裝了，還是瞞不過瘋狂信徒的眼睛啊。」

古手川也看到真琴她們了，但被菜穗子的唇槍舌箭擋住，無法招呼她們。

「所以說！只要有凶手的自白案子就破了吧。那趕快逮捕不就好了嗎。放著凶手不抓，你還有資格當什麼刑警？」

「刑警必須要按照手續一步一步來。而且，妳為什麼現在才說？」

古手川顯然處於劣勢。真琴不禁介入兩人之間。

「在大學裡到底在吵些什麼？」

「真琴醫師。這位事務局長說她殺了死者。」

「咦！」

「沒錯。就是我殺害了師父。」

說完，菜穗子合掌懇求原諒，

「身為信徒，我做出了非分之舉。我為自己的罪孽深重害怕不已，一直不敢說。可是若是你們要以查明真相的理由切割師父的聖體，我寧願出面悔過。」

「動機就像一般傳聞的，男女糾紛嗎？」

古手川一打岔，菜穗子便輕蔑地瞪過來。

「反正，不相信神的不敬之人是無法理解我的心情的。我的動機才不是低俗下賤的男女關係，而是出於想獨占神的愛，雖愚蠢卻崇高。」

真琴心想，這叫自我陶醉。看她眼神迷濛，口稱懺悔罪衍卻一臉幸福洋溢的表情。

「只要你們願意聽，應該就會相信我的告白是真實的。」

不等真琴回答，菜穗子便自顧自繼續說，

「我想獨占師父的寵愛。可是師父總是對每個人都持平等的態度。具體來說，我想和師父締結鴛盟，也多次懇求師父。可是每次師父都說自己已許給了神而拒絕我。所以那天，我終於對師父下手了。」

「然後呢？能不能請妳說明動手到縱火的過程？」

「看到師父死了，我很難過，也慌了。然後竟然蠢到企圖掩飾自己的作為，就從師父的寢室到玄關一路潑了煤油，點火。因為我想寢室裡有我出入過的證據。」

倒還合理——真琴正這麼想時，古手川插嘴：

「事務局長，最重要的地方妳沒說到。妳到底是怎麼殺死教祖的？是用刀刺側腹，還是用東西打他？」

「是勒死的。」菜穗子想也不想就回答。

「我用盡力氣勒了師父的脖子。」

「哦。用盡一個女人的力氣勒男人的脖子啊。」

「師父當時睡得很熟，即使我身為女人也辦得到。」

本來說得滔滔不絕，忽然間出現滯塞。即使不是古手川這種以懷疑他人為業的人，也能輕易聽出其中的不同。

「這些等我去警署以後，要我說多少遍都可以。」

大概是急了吧，菜穗子轉而攻擊真琴。

「好了，這樣就夠了吧。已經沒有把師父分屍的必要了。現在就馬上把聖體交還給我們教團。」

一雙眼睛死瞪著自己。菜穗子的指甲掐進了真琴的肩膀。真琴害怕得不知道痛。

她感覺到自己有危險，反射般去看古手川。

古手川的手幾乎在同時伸向菜穗子的手臂。

就在這時候。

「你們以為這裡是誰的教室。」

光憑一句話就讓當場的氣氛沉下來。而這不悅的聲音的來處——法醫學教室的主人光崎，已經一身解剖衣站在門前。

「大呼小叫，死人都要被你們吵起來了。所以我才說，死人還好一點。」

「啊，就是你嗎？這裡的負責人。馬上把師父的聖體還來。」

菜穗跑過去，但光崎單手就把她推開，筆直前進。

「擋路。喂，小子，給我看好，別讓這可疑人物踏進解剖室。另外那兩個，也別磨蹭了，快做好解剖準備。」

凱西立刻回答「了解」走向擔架。真琴也連忙跟上去。

「你們！真的要對師父動刀是不是！你們會遭天譴的！」

「哼，天譴。」

光崎回頭瞪著菜穗。

「我不知道妳的神是哪一個，但我們也有阿斯克勒庇厄斯。不然就讓兩造神明自己鬥法好了。」

阿斯克勒庇厄斯是希臘神話裡的醫神。這一提，真琴想起來了。阿斯克勒庇厄斯的醫術甚至可以讓死者死而復生。與號稱會自行復活的黑野耶穌，的確是棋逢敵手。

「妳們也有妳們的聖域吧。再過去是醫生的聖域。妳就在那裡安分等候結果吧。」

一進解剖室，一如往常的靜謐便幽然降臨。這裡是死者與其聆聽者的聖域，沒有不靜謐的道理。

一掀開擔架上的白布，那股刺鼻的味道便濃烈地擴散開來。即使鼻子以下的部位有口罩覆蓋，眼球還是能感受到異味。但要是別過頭去，真琴很清楚光崎會怎麼罵人，所以拚命忍住。

「那麼，開始了。遺體是四十多歲的男性。三度灼傷，炭化至真皮與皮下，有部分肢體已缺損。」

由於全身關節因骨骼肌熱凝固而屈曲，屍體擺出了有如拳擊的備戰姿勢。

據菜穗子的說法，黑野是被勒死的。一般被勒死，眼瞼結膜會出現點狀出血。但這具屍體顏面骨頭露出，眼球破裂，眼瞼已完全炭化，無法確認。

「手術刀。」

就算是燒死的屍體，解剖步驟也不變。但是不知是否是真琴心理作用，光崎的指尖看來比平常更加慎重。Y字切開時手術刀的滑動也混雜了輕微的壓碎炭塊的聲音。

將皮膚往兩側拉開，在聲響大作的同時，更加猛烈的刺鼻臭味往四周溢散。凱西也不敵它的威力，向後退了半步。

炭化不僅達到皮下，甚至深及部分內臟。粉紅色的組織和黃色的脂肪不是變成褐色就是已經化成炭。真琴看到這慘狀，已有至少一週不敢吃烤肉的心理準備。

肋骨輕而易舉就斷了。這也是骨骼受熱而脆化的緣故。

取出肋骨之後，內臟終於露出來了。所幸，心臟還保留了原形。

「採心臟內的血液。驗血紅素值。」

凱西依照指示採血。

光崎的手沒有絲毫停頓。採血後，手術刀仍切開氣管。

「氣管與支氣管內都沒有煤灰。」

氣管和支氣管內部沒有煤灰，就表示火災發生時本人已經沒有呼吸。換句話說，在失火前便已死亡。

光崎的手術刀向頸部邁進。

「舌骨大角與甲狀軟骨角骨折。」

這些症狀也證實了菜穗子的自白。雖因皮膚炭化無法判別索溝，但舌骨大角與甲狀軟骨的骨折也是縊死的特徵。所以真琴不禁開口說：

「果然像事務局長自白的，是被勒死的。」

結果果然被瞪了。

「別靠這麼一點症狀就下判斷。」

「咦！」

「開顱。」

光崎到底是基於什麼理由決定要觀察頭蓋內部的呢？——真琴不明所以，仍準備了電鋸。

由於頭蓋骨已經露出來了，所以只是削除炭化部分而已。電鋸的刀刃接觸了死者，但那聲音聽起來比平常來得更加輕快，也證明了骨頭變得很脆弱。

很快便取下骨片，出現了硬膜。也許是熱透過頭蓋骨傳導到內部，腦髓已變成深黑色。光崎迅速將硬膜拆碎。到底要看腦髓的什麼呢——真琴還在想，突然就被吩咐：

「把腦髓拉出來。」

「咦！」

「來幫忙。」

還是不明所以的真琴，依照吩咐將手伸入腦髓的一側。這個比喻很怪，但隔著手套感覺到的腦髓觸感很像烤豆腐。這下，繼烤肉之後，豆腐類的菜色也要暫時從菜單上移除了。

「要拉了。」

在光崎號令下拉出腦髓。動脈因而露出來。

「切開腦髓。」

接著光崎沿著動脈切開腦髓。積血在放置腦髓的金屬盤中擴散開來，但停得比真琴預期得快。

血量少得出奇——光崎低聲說。

「椎動脈收縮，使腦髓無法得到充分的血液。」

「那麼，這具遺體……」

「勒死和扼死都會壓迫頸動脈，但壓迫不到位在深處的椎動脈。要壓迫成年男性的椎動脈需要三十公斤以上的力道。除非壓迫椎動脈，否則還是會有不少血液送到腦部。但這具遺體的腦只流了少量的血。因椎動脈被堵住了。理由不必我說了吧。」

三十公斤以上的力道——但若是本人的體重就很容易了。而且兩條動脈同時受到壓迫，血液便無法流向頭部。

「是縊死……那麼，這是自殺嗎？」

光崎不答，不知想到什麼，手術刀又回到軀體。陸續切開消化器官。

「哼，我就知道。」

切開大腸時，光崎吐出這句話。看到大腸內部，真琴不禁暗叫一聲。

因為她看到大腸內部到處都是腫瘤。

「這是末期了。不光是腸道內部，還到處轉移，肝臟、骨盆都是。這麼嚴重，動手術也沒有意義。凱西醫師，病歷如何？」

「沒有治療的病例。只有兩個月前住院檢查的記錄。」

「大概是住院檢查的時候發現的吧。無論如何，骨盆這種神經密集的部位被癌細胞侵蝕，死者應該一天到晚都被連站都站不住的疼痛折磨。」

這樣宣告完，光崎開始縫合。

「自己一直事奉神，卻不知不覺得了癌症，而且已經沒救了。要讓一個宗教家絕望，這個理由夠充分了。」

「全都是本条菜穗子佈置的。從她穿過的衣服也驗出了和現場採集到的同樣的煤油。」

第二天，偵訊完菜穗子的古手川向真琴和凱西這樣報告。

「那天，菜穗子接到黑野一通奇怪的電話叫她過去，一趕到中央教會，就發現黑野的遺體掛在寢室的樑上。大概是希望她這個事務局長發現屍體吧。據說也有遺書，內容和光崎教授推測的一樣。菜穗子說她大為震驚。教祖竟犯下教內視為禁忌的自殺，這樣就無法將黑野神格化了。當然也會影響教團的存續，但更大的原因是，菜穗子本身不願意承認黑野那麼軟弱，竟像一般人一樣會絕望。於是便大費周章地取下黑野的屍體，擺放成仰臥姿勢，潑了煤油。她認為只要把屍體連同現場全數燒毀，就能夠掩蓋自殺的事實。」

「所以她才那麼反對讓教祖的屍體解剖啊。但沒想到她竟然不惜說自己是凶手，就算處境再怎麼危急、再怎麼不利，這也太……」

「所以才是邪教呀，真琴。」

凱西儼然專家般說。看來這位副教授對於邪教教團的不合邏輯厭惡到極點。

「就算發現教祖的胡說八道和教義有多荒唐無稽，還是不願意承認一直信奉那些的自己有多愚蠢。所以才會把魔術擺在邏輯前面。」

真琴沒有憑據可以否認凱西的說法。但她的看法有點不同。無論這是男女關係也好、教祖與信徒的關係也好，最終菜穗子都是為黑野殉道了。因為不這麼想，菜穗子就太可憐了。

「呃，我也想向光崎教授報告一下。」

古手川這麼說，真琴想了想，回答：

「我想，教授只會丟給你一句『沒興趣』。」

但話說回來，

這次的案子和「修正者」無關嗎？

chapter 4 停

1

「啊！」

明明沒下雨，卻有水滴在頭上。

一擦，手上就沾了黏糊糊的鳥屎。

「嗚哇！髒死了！」

翔太邊甩掉鳥屎邊仰頭看頭頂上的高壓電線。視線盡頭，只見鴿子悠然停在電線上。

接著翔太往腳邊看。柏油路面上，鴿子的糞讓那半徑一公尺的地方白了一圈。

太大意了。在固定的地方排洩是鴿子的習性。所以千萬不要站在有鳥糞的地方——級任老師在小學裡明明教過的不是嗎？

翔太瞪著鴿子想。說起來，都要怪家四周圍牽的電線。要不是有那些電線，鴿子就沒有地方停了。

只是，他也明白那是不可能的。在他們櫻區道場這裡靠鴨川的地方有一座巨大的鐵塔。高壓電線從那座塔向四面八方延伸而出，翔太家是在先有塔之後才建的，所以他沒得抱怨。即使向父母哭訴討厭鴿子大便想搬家，父母想必也不會理會。

而且，鴿子就算停在電線上也不會觸電。看起來就像他們本能了解這一點，所以才悠然棲息其上。

鴿子看起來比人還囂張——正這麼想的時候，一個人影忽然出現在視野中。

哦，又是那個老爺爺。

老人朝這邊緩緩走來。他身上穿的是陳舊的整套運動服加上涼鞋，所以並不是在慢跑。雙手空空，所以也不是出來買東西。

翔太是在大約兩週前開始看到這個老人的。這大概是他新找到的散步路徑吧。每天傍晚五點一過，必定現身。幾乎都是同一時間、同一服裝，翔太自然而然就記住他了。

話說回來，老人家的日子也不好過呢——翔太想。為了維持健康，明明不喜歡也不得不去散步。

翔太並沒有實際和那位老人說過話。但光看就知道他並不享受散步。他在翔太家前面走過來又走過去，像迷了路似的。大多都是臉色不豫，一副隨時都會對馬路破口大罵的樣子。

一定是被醫生還是家人半強制地逼來散步的吧。否則不會是那種表情。翔太在運動會硬著頭皮上場跑他最怕的賽跑時，就是那種表情。全都被父親拍下來了，想不承認都不行。

翔太進了家門，進浴室把頭上的鳥屎洗乾淨，然後回到自己二樓的房間。

從翔太房間的窗戶可以近距離捉到停在電線上的鴿子。正在氣頭上的翔太，想到要拿橡皮筋射那隻鴿子。

他立刻打開窗戶，果不其然，在斜上方五公尺的地方就是鴿子的身影。氣人的是，即使翔太打開窗戶，鴿子還是毫無懼色。

把書桌上的橡皮筋在手指上纏好，瞄準鴿子。

咻！

但橡皮筋沒有射到鴿子所在的地方，而是劃出一道拋物線向下掉。

嘖，失敗了。

既然這樣，好歹要嚇嚇牠才能出出氣。

「哇啊啊！」

翔太大叫，但鴿子彷彿什麼都沒聽到般，脖子忙著左右轉動。

就在這時候。

一聲「嗚」的呻吟傳進耳中。

就在下面。

往下看，那個老人就倒在柏油路上。

他看起來不是很健康的樣子。好像是好不容易才走到這裡的。會不會是被翔太的聲音嚇到才出事的？

翔太趕緊關上窗戶。

不是我害的。

不是我害的。

心臟開始高速跳動。腋下冷汗直流。

過了一陣子，他再度打開窗戶。但這次只打開手指大的縫，偷看下面。

一看，有一對看似購物回來的母子，正彎腰搖著老人的肩。

「先生？先生，你還好嗎？要不要緊？」

無論她怎麼搖，老人的身體都軟綿綿的，看起來實在不像還活著。

果然是我害的——。

翔太再次關上窗戶，背向著外側，就這樣滑坐下來。

然後像得了瘧疾般不斷發抖。

＊＊＊

真琴一完成這天第三具解剖，便倒在自己的辦公桌上。

「我不行了。」

往桌上一趴，頭髮便整片垂落。聞到頭髮的味道，真琴連忙抬起頭來。明明全程戴著帽子，甲醛和腐臭味卻牢牢吸附在頭髮上。

「因為真琴妳每次解剖都會換解剖衣，卻沒換帽子。妳好像沒發現解剖到一半頭髮就跑出來了。」

同樣換好衣服回來的凱西眼尖地指出問題的癥結。

「凱西醫師既然都看到了，怎麼不告訴我？」

「Sorry，因為我想這不是解剖時該說的事。」

說來確實如此。要是在解剖中講這些，天曉得光崎會怎麼大發雷霆。

「我們實在是太忙了啦——。最近從上班到回家，幾乎都在解剖、寫報告不是嗎？工作根本不是沒出閣的女孩兒家做的！」

「真琴又說不合邏輯的話了。有沒有結婚跟工作內容的關聯在哪裡？我實在無法理解。如果是這樣的話，真琴結個婚問題不就解決了嗎？」

「我想凱西醫師可能不知道，結婚是需要對象的。」

「根據某項調查資料，據說工作時間長的人未來的配偶就在半徑十公尺以內。」

「那真是多謝了。」

「以真琴的狀況而言，應該以古手川刑警最符合條件吧。」

這出其不意的攻擊方向令真琴亂了陣腳。

「妳妳妳妳妳在說什麼啊！凱西醫師。我、我、我幹嘛偏偏要找一個那麼粗魯莽撞、心直口快、沒神經的人，雖然他是不會說謊，卻形同穿著木屐直闖地雷區……」

「真琴妳幹嘛這麼狼狽？」

「在判斷力遲鈍的時候突然提這種離譜的事，誰都會狼狽的！」

「Oh！那就更sorry了。也就是說，真琴因為疲勞不斷累積使得判斷力遲鈍了。既然這樣，就早點說呀。」

凱西總算恍然大悟般點頭表示同意。

「不能否認，現狀的確是超過我們本來的承載量。我現在起床也開始覺得辛苦了。」

「就連凱西醫師也會嗎？」

「我不知道妳的『就連』指的是什麼，但法醫學教室的稼動率已經是去年的三倍了。差不多會想來個休假了。」

縣警本部被「修正者」的留言耍得團團轉的這八週，送來的屍體當中雖不乏非自然死亡者，但大多數都如最初的驗屍結果所示，是病死或意外死亡。專案小組因假情報大亂，法醫學教室則是遭到池魚之殃。

當然，光崎等人無暇處理的案件會轉往其他醫大，但目前連那裡也呈現飽和狀態。這時候會被拿出來討論的，便是解剖醫師的絕對數量太少的問題。

不僅僅是埼玉縣，解剖醫師不足是全國性的傾向。與臨床醫師比較收入少，即使多年鑽研在學內也難以獲得評價，因預算不足而設備老朽無法吸引新的學生，這些都是主要原因，但放任現狀不予改善的大學與醫院也有責任，因此也開始出現呼籲改善的呼聲。

但這些呼聲還很微弱，尚未傳到中央。而無論如何要改善最重要的便是能不能籌措出這筆經費。要為本就不見天日的法醫學爭取預算，需要人員不足以外的理由。

「搞不好『修正者』的目的是讓法醫學教室系統升級。」

「怎麼可能。以前我發解剖醫師的牢騷是在開玩笑啦。我覺得妳把事情想得太美了。」

「為什麼？系統的變化，絕大多數如果不發生一些極端的事情就不會發生。如果我們法醫學者的待遇因為網路留言而獲得改善，不是應該好好感謝『修正者』嗎？」

真琴心頭一凜。

「凱西醫師……妳是認真認為『修正者』有可能是法醫學的相關人士嗎？」

「有這個可能性啊。如果說憂心法醫學界現狀的相關人士為了創造話題而設法增加屍體，也不足為奇。」

「這會不會有點流於誇大妄想了？」

「可是真琴，『修正者』實際上做的只是在網路上留言而已，他自己從來沒有涉及任何一件殺人或損毀屍體的案子。而且至今他暗示的內容，每一則都包含了只有相關人士才可能知曉的資料。」

經凱西這麼一提，的確如此，所以真琴無話可說。然後她突然感到不安。

真琴被送進法醫學教室已超過半年。這期間她見識了形形色色的解剖醫師、研修醫師以及警方人士，其中對法醫學的現狀最有危機意識的，說來說去，不就是光崎和凱西嗎？

如果僅僅在網路匿名留言就能改善現狀，這兩個人難道不會去當「修正者」而且毫無罪惡感——這個「應該不可能吧」的懷疑，轉眼便為真琴內心帶來陰影。

訪客正好就在此時出現。

「大家好。咦，怎麼了？真琴醫師。一臉無精打采的樣子。」

古手川一點也不客氣地瞅著真琴的臉。

「真琴在煩惱結婚對象。」

腦筋的回路到底是要怎麼接，才能跳到這裡？

而且偏偏古手川好像也當真了，一臉驚愕。

「……是被家裡逼婚嗎？」

「這是凱西醫師一如往常的擴大解釋言過其實諷刺加惡搞，敬請忘記絕對別當真這件事到此為止。那麼，古手川先生，有什麼事嗎？」

「也是啦，我來當然不可能是來談聯誼的。」

「古手川先生！」

「抱歉。其實是縣警本部的留言板又有『修正者』的留言了。」

結婚對象云云雖然也相當煩人，但這個話題同樣也讓人開心不起來。雖感到疲勞一味增加，但凱西不顧真琴的心情，挺身而出。

「這次是什麼樣的案子？」

「有人在埼玉市櫻區道場的住宅區昏倒。這位今年將滿七十歲的老先生名叫枚方重巳，就昏倒在馬路正中央。」

「有什麼外傷嗎？」

「沒有。接到通報的檢視官驗屍後認為是典型的心臟衰竭，以現狀而言，沒有他殺的嫌疑。」

「但古手川刑警還是來到這裡，可見是有什麼疑點？」

「一點也沒錯啊，凱西醫師。」

古手川懶洋洋地回答。

「要不是這樣，就可以當作又是『修正者』的惡作劇來處理了。」

真琴也能理解古手川臉上透出的疲累。「修正者」的留言還沒整到法醫學教室就會先整到縣警本部。幾位檢視官不得不銷假上班，當然古手川他們這些調查員的工作也勢必會增加。

「警方也正著手調查『修正者』吧？古手川刑警。」

「這方面啊，這傢伙的留言全都是透過國外的伺服器，很難查到IP位址。本部的鑑識同仁也都卯起來查，但現在連個蛛絲馬跡都查不到。」

「可是要透過國外的伺服器，對一般的使用者而言不是很高深的技術嗎？」

「這很難一概而論。這種掩人耳目的技巧現在算門檻很低，就好比050開頭的網路節費電話三兩下就可以冒用，最近連交換機的密碼都被破解了。實際上抓到冒用的犯人一看，有些也沒有多少專業知識。」

真琴對古手川這番說明感到困惑不已。真琴自認為是會滑手機、上網搜尋的一般用戶。但古手川這麼說，就表示與真琴同樣水準的用戶輕而易舉地便能擾亂、冒用IP位址。到底是從什麼時候開始，連一般人都有能力涉足這種犯罪了？

「那麼，古手川刑警，這個案子有什麼疑點？」

「巨額保險金。」

古手川的眉頭微微皺起。

「與枚方重巳同住的家人只有妻子辰子一人，他名下的保險金受益人也是辰子。如果是平常感情好的夫婦就算了，但這幾年辰子對丈夫的欺凌據說不是普通的嚴重。」

「你的意思是，妻子對丈夫家暴嗎？」

「是啊，家暴一般的印象受害者都是女方，但其實其中有一成丈夫才是受害者。而枚方夫婦就屬於這一成。」

所以不僅是巨額的壽險，平日的相處模式也令人起疑囉。

以下是古手川自轄區浦和西署得來的資料：

枚方重巳與辰子有兩個兒子，兩人各自離家有了家庭。除了房貸之外沒有大筆負債，經濟上也不見特別困窘之處。

過去一直平平凡凡的枚方夫婦出現變異是在四年前，辰子罹患了失智症之後。

一開始只是記性變差，偶爾想不起街坊鄰居的名字而已。後來漸漸影響日常生活，並且一路惡化。

也許是對自己的病情感到不安，這陣子辰子對重巳的虐待日趨顯著。以大得鄰居都聽得到的聲音責罵丈夫，以自己有病在身為由，洗衣煮飯就不用說了，甚至還命丈夫負起備餐、照護的責任。有時還會傳出丟東西或東西壞掉的聲音。

其中最令人側目的是辰子「拿錢來」的罵聲。雙方都是靠年金生活。過去向來勤儉持家，但隨著失智症發病，辰子有浪費成性的傾向。她不給重巳零用錢，偶爾外出就會買根本不需要的高級化妝品，沒有現金時就用偷的，事後重巳再去道歉付錢。這樣的事情一再上演。

當初重巳還不辭勞苦地照顧，但過了一年便顯然疲憊不堪。根據附近居民表示，他遭到家暴，在路上與他擦身而過時，身上都有新的傷。在家裡總是不斷挨罵挨打，實在無法放鬆。上個月起，重巳便逃難般經常外出。

說外出，也不是到咖啡店或小鋼珠店殺時間。而是一味地在自家附近晃來晃去，但不久便將範圍擴展到離自家有點距離的鴨川附近。

「枚方夫婦住在住宅區的正中央，所以走到哪裡景色都差不多吧。如果說重巳精神壓力大想看看河邊的風景，也不是什麼令人費解的事。」

有好幾個人都看到重巳散步的身影。而且說他不像是為了維持健康，反倒像病人為了尋求去處到處徘徊。

而六月三日這一天，重巳倒在鴨川附近的住宅區。救護隊員接獲附近居民通報趕往當地，確定當場死亡。

「畢竟年紀也有了，家庭環境也不理想。就是不想待在家裡，硬是繼續散步。了解了他的情況，就能接受他是因為精神疲勞與體力透支導致心臟衰竭。只不過，在重巳死後才發現，他以前保的壽險，在上個月起更改了合約內容。每個月的保費一下子變成三倍，重巳死亡時給付的金額高達三千萬。直接提出變更的是重巳，但也許是受到辰子的暴力威脅。」

真琴整個口乾舌燥。

「換句話說……古手川先生懷疑是為了保險金殺人？」

正當古手川要開口的時候，他身後的門突然打開了。

「小子，又跑到這裡來摸魚了？」

光崎狠狠瞪著古手川。

2

「依舊是迷糊蛋一個。託你的福，連教室外面都聽得一清二楚。要是你那個小雞腦袋無法理解，我可以多說幾次，這裡是醫院，而且是在大學校園裡。音量放低點。」

「迷、迷糊蛋……」

古手川說不出第四個字，光崎直接從他面前走過，把文件遞給真琴。一看，原來是前一天真琴提交的報告。翻了幾頁，真琴就僵住了。到處都是被槓掉和訂正的地方。

「迷糊蛋不止一個。我這裡當然沒有文件偏重主義，但正確性就另當別論了。」

被一句話完封的真琴也說不出話來。

「小子，那具屍體現在怎麼樣了？」

「咦？」

「就是在鴨川附近昏倒的屍體。你們該不會早早就認定沒有他殺就結掉了吧。」

「負責的檢視官判斷沒有他殺嫌疑。只不過『修正者』留了言，所以屍體還安置在浦和西署。」

「你有什麼看法，小子？」

「嘿？」

「我不是問你那個老人的死你是不是當他殺看。我是問你有沒有解剖的必要。」
「既然是非自然死亡，所有的遺體都有解剖的必要……」
「搞半天，原來你也懂，那還在磨菇些什麼？還不趕快到轄區去判斷到底要不要解剖啊。做事慢吞吞的，烏龜都比你快。」
「是是是。」
大概是連反駁的意願都沒了，古手川唯唯諾諾地聽從光崎的指示。
「慢著，小子。」
「還有什麼事嗎？」
「你一個人去成得了什麼事。帶真琴醫師一起去。兩個都是半吊子，加起來正好湊個整數。」
「咦，為什麼要我一個人去？教授，凱西醫師呢？」
但光崎不答，逕自往教室後面走了。凱西露出惡作劇的笑容，揮著手跟著光崎走了。
這就意味著，要真琴一個人判斷了嗎——真琴無暇細想，去追已經離開教室的古手川。凱西不在雖然令人不安，但被委以判斷大任的興奮還是勝於一切。
真琴一鑽進副駕駛座，就看到古手川的嘴角往下撇。
「嗚哇！你看起來心情好差。」
「……是很差沒錯。」
還在想被光崎迷糊蛋、迷糊蛋地叫有這麼讓人不開心嗎，不料古手川說出了令人意外的話。

「得了失智症亂花錢的老婆，和被這個老婆施暴的丈夫。保險理賠金額一提高那個丈夫就死了。無論死因為何，都是件讓人很不痛快的事。」

「有痛快的命案嗎？」

「沒有。」

「是不是身為男人的立場讓你生理上無法接受殺夫？」

「不會啊。一扯上錢，就連結縭多年的夫妻也會產生裂痕。這樣的實例我見多了。不是什麼新鮮事。」

於是真琴想起之前聽他說過的話。古手川還在求學的時候，一家人因為父親的負債和母親的外遇而離散。

「也不是所有的夫妻都這樣吧。」

「很難說。我們在案子裡看到聽到的夫妻和家庭很多都是這樣。有色眼鏡一戴上就很難摘下來了。」

看著他的側臉，真琴終於發現這個人不是不相信女性，而是不相信母親。

「不過，不管事後感覺是好還是不好，找出所有的真相就是警察的工作。」

古手川以帶有幾分藉口意味的話下了結論，不久車子就開到浦和西署。

「那是什麼？」

正要經過大門前的時候，古手川忽然低聲這麼說。真琴不知道是什麼事物引起了古手川的注意，但一下車往前看就明白了。在大門不遠的地方，一個十歲左右的男孩來來回回地徘徊。古手川毫不猶豫地走向那男孩。

「唷，怎麼了？找警察有什麼事嗎？」

突然被問到，少年嚇得肩膀抖了一下，但古手川天羅地網般的攔法讓他逃不了。之所以看起來不像強行就範，應該是因為力道拿捏得當吧。

「那、那個，我……沒、沒事。」

「沒事的人哪會在警署前亂晃。來，我告訴你一件好事。像你這樣的年紀，不管做了什麼都不算犯罪。」

古手川彎下腰來讓視線與少年的眼睛同高，把臉湊近到鼻尖幾乎碰到對方。

「就算做了壞事，只要老實說就會被原諒。可是啊，要是瞞著不說，以後被發現的時候就會被罵得很慘。」

語氣絕對沒有威嚇意味，而是視少年的反應來勸導。原來這個粗魯的刑警竟然還有這一手？——真琴相當意外。

「像這種事，只要試著想想對方的心情就很能明白。要是朋友對你做了什麼很過分的事，馬上跟你道歉你很容易就原諒他吧？可是要是過了好久，而且是等到大人問起來才勉勉強強道歉，你心裡的怨氣就沒那麼容易消。都是一樣的。你懂吧？」

少年以一副怯生生的樣子點頭。

「很好。既然你懂了，就先跟大哥哥說說看。小小聲說就好。」

要是在正式的地方問話，孩子無論如何都會緊張。如果古手川是考慮到這一點，那麼他真的是很會哄小孩。

要是對女人也這麼高明就好了。

但是看著他們兩人，真琴就明白了。他不是很會哄小孩。而是古手川自己就像個小孩，所以才能理解對方的心情。

「我叫古手川。弟弟叫什麼名字？」

「翔太……」

以蚊鳴般的聲音報上名字之後，翔太就像古手川說的，開始小聲告白。接著只見默默聽著的古手川臉色漸漸凝重起來。

「你在屋子裡大叫一聲然後往窗外看，老爺爺就倒在地上了？」

「嗯。」

「是什麼樣子？」

「有嗚了一聲。我沒有看到他倒下去的樣子。」

「真琴醫師，一個人因心臟衰竭死亡的時候，會發出呻吟聲嗎？」

「確實是會呼吸困難，但不一定會呻吟。」

「那個老爺爺是在弟弟家附近昏倒的吧。他沒有求救嗎？」

「他倒下去就不動了。」

古手川從胸前取出手機。真琴探頭去看，他連上網路之後搜出了櫻區那一帶的衛星地圖。

「弟弟家是哪裡？」

翔太指著畫面說「這個」。真琴一看，是住宅林立的一角。

「不就是問題案件發生的地點嗎？」

古手川喃喃地說。

「左右密密麻麻都是人家。並非無法呼救……真琴醫師，心臟衰竭一旦發生，會嚴重到無法呼救嗎？」

「這很難一概而論。也有個人差異。」

「該不會附近有大的聲響就會導致心臟衰竭？」

若在靜謐的室內突然遭到大聲響的襲擊，有心臟疾患的患者多半會受到巨大的衝擊。但是否會引發心臟衰竭，這就必須視病情而定了。而且枚方是在戶外昏倒的。即使是一般日常生活，也有車子行走等噪音。

「再怎麼想，小孩子發出的聲音都不會導致心臟停止。」

「弟弟，你聽到了。至少老爺爺的死不是你害的。」

古手川用力摸翔太的頭。

「真的？」

「怎麼，你不相信我嗎？不過你放心吧！這個姐姐會證明你是清白的。」

翔次的視線朝著真琴投射而來。懷著期待與尊敬的眼神，反而讓承受的一方感到害羞。

「她可是專門研究屍體的醫生，醫界的新星哦！就算你不相信我，也要相信這個醫生。」

古手川問了地址電話，往翔太的屁股上一拍。

「其他的事就交給我吧！」

翔太朝兩人揮了揮手，便跑到馬路的另一邊了。

「好啦，真琴醫師。這下不得不解剖的理由又多了一項。」

聽他說得大言不慚，但不知為何真琴沒有不愉快的感覺。

兩人在負責人的帶領下前往太平間，看枚方的遺體。

那是一具老人獨有的、四肢削瘦的肉體。死後已經過二十四小時，下腹部出現藍黑色的屍斑。體表沒有明顯外傷，但胸口殘留著些微手術疤痕。心臟衰竭的典型症狀為水腫與靜脈怒張。但遺體身上卻不見這些症狀。

「有病例嗎？」

負責人回答真琴的問題：

「應檢視官的要求調來了，據說曾動過一次心臟手術。檢視官好像也是基於這個事實才判斷為心臟衰竭的。」

「負責的檢視官是哪一位？」

「鷲見檢視官。」

又是鷲見負責的案子啊——這下如果解剖後又發現新的事實，就變成再次告發鷲見的疏漏了。這麼一來，很可能不止一次打鷲見的臉。

不，不是的——真琴當下否認。自己這一年以來，不就確確實實學會了有些事比面子、體統更重要嗎？

她伸手去拿手機，想向光崎確認是不是要解剖——但，手伸到一半就停了。離開教室之際，光崎說的是去判斷是否應該解剖。話雖然是對古手川說的，但同時也是對奉命同行的自己下的指示。

真琴，要自己決定。

經過一陣猶豫，真琴面向古手川。

「古手川先生，有司法解剖的必要。」

「我就知道妳會這麼說。」

古手川露出洋洋得意的笑容，轉身面向負責人：

「請把這具屍體送往浦和醫大。」

「可是，沒有檢視官的許可……」

「稍後我一定會拿到許可的。現在我不想白白浪費時間。」

古手川說得理直氣壯，真琴卻是提心吊膽。過去他們沒有透過正規手續便將屍體送往解剖室的例子儘管很多，但最後的結果都是仰仗光崎的威名才得以平安無事。但這次的卻是基於真琴的判斷與古手川的獨斷獨行。萬一死因就像鷲見檢視官判斷的是心臟衰竭，要由誰來負責？這是費用與體面的問題。恐怕不是處分真琴和古手川就能息事寧人。

但是，即使如此內心還是有聲音在下令。忽視這個聲音，就等於是忽視自己至今在法醫學教室所學習的教訓。

就豁出去吧！

真琴與古手川著手準備搬運遺體。若在短短一年前，真琴根本無法想像自己竟然會成為如此蠻橫專斷的人。另一個真琴不斷抱怨：至少得要有光崎那樣的自信再行動呀！

而當他們包好遺體移到擔架上時，太平間的門打開了。

站在那裡的不是剛才接待他們的負責人，而是個年約五十多歲，表情比武鬥派流氓更凶悍的男子。無論如何都不像是警方的人。

然而，古手川的反應令人意外。

「渡瀨組長……你怎麼會跑到這裡來？」

「我才要問你。聽說有『修正者』牽連在內，我就來浦和西署看看，來了就聽說有本部的人下令要把枚方的屍體運到浦和醫大。我想應該不會吧，趕來一看竟是這個場面。你該不會又自作主張了吧。」

真琴直盯著這個一臉凶相的男子看。這就是屢屢在古手川的話中登場的那位上司渡瀨嗎。

看起來像個不講情理的人。那囂張拔扈的語氣也好、瞪死人不償命的視線也好，難怪古手川提起他時怕得要命。

「這倒是浦和醫大法醫學教室裡的生面孔啊。妳就是新來的栂野醫師嗎？」

被他狠狠一瞪，真琴只能小聲回答。

「運送屍體是檢視官要求的嗎？」

這個問題由古手川回答：

「不是。」

「是你個人的判斷？」

真琴正想回答的時候，古手川伸手制止了她。

「對，是我個人的判斷。從狀況來考慮，實在很難相信是自然死亡。」

「很難相信？不是因為屍體的症狀還是哪裡什麼有可疑之處？」

古手川沉默了，這麼一來，只能由真琴代為申辯：

「雖、雖然是消極意見，但這具遺體上心臟衰竭的獨特症狀並不明顯。就查明死因的觀點，我認為應該送交司法解剖。」

於是渡瀨又轉頭看真琴。那雙眼睛明明睡意濃厚似地半開半閉，卻目露凶光。

「栂野醫師的意見我知道了。但是沒有檢視官基於這個意見向醫大提出解剖申請吧。」

「這，的確如此。」

「總之，就是這個死腦筋的呆瓜相信了妳經驗短淺的直覺，兩個人亂搞一通是吧。」

雖然不假辭色，但他說的都是事實，真琴也無從分辯。

「反正是這個笨蛋搞的名堂。對轄區一定是隨便說什麼事後會取得許可就應付過去吧。這次司法解剖的預算你打算從哪裡出？浦和西署嗎？還是縣警本部？我告訴你，這兩邊能用在解剖的預算，都因為那個可恨的『修正者』要見底了。要開腸剖肚是可以，但要是什麼都沒找到，你有什麼打算？」

「司法解剖的費用，可以從我的薪水裡扣。」

「沒人跟你說這個。不是所有的事都能靠錢擺平。你連這點小事都還搞不懂嗎！」

這聲色俱厲的一喝讓真琴不由自主地僵了。往古手川一看，大概是平常就被吼慣了，態度不見變化。

「萬一事後發現這個案子有他殺的嫌疑，就無法挽回了。火葬之後想查明死因是痴人說夢。假如是他老婆設下的保險金殺人，物證就被消滅了。要解剖就只有現在。」

渡瀨對古手川的反駁嗤之以鼻。

「你以為這算是正當的理由？想說服檢視官和課長，就編個更像樣點的理由，這個智障。」

真琴聽著兩人的對話，感到濃濃的既視感。追尋這感覺的來源時，她想起來了。若在渡瀨的痛罵之中加上嘲諷，就和光崎的話一模一樣。

換句話說，古手川在縣警本部被渡瀨當面臭罵，到了法醫學教室繼續挨光崎的罵，這麼一想，就明白古手川為何能不屈不撓了。被這兩個人這樣罵下來，不練出一臉厚臉皮也難。

「對了，組長。你剛說是為了『修正者』出來的吧。特地前來是為什麼？如果是概要的話，打個電話傳個簡訊就行了吧？」

「浦和西署說把人請到了，所以一起來聽她怎麼說。」

「把人請到了？誰？」

「枚方的老婆辰子。」

咦！——古手川與真琴同時驚呼。

「辰子不是失智了嗎？」

「失智照樣也能外出，雖然說起話來沒條理也還是能說話。轄區也不是一開始就完全捨棄他殺的可能性。不要幻想以為只有你們自己在追查真相。」

「那結果怎麼樣呢？組長。辰子的言行有可疑之處嗎？」

「沒什麼好可疑的，那是如假包換的失智。也有醫生白紙黑字的診斷書。失智症患者雖然出現過亂花錢、對家人施暴的前例，但是為了丈夫的保險金策劃殺人倒是前所未聞。妳聽過這種例子嗎，栂野醫師？」

忽然被點名，真琴慌了。

「失、失智症是智能降低到正常以下的疾病，所以失智症患者要策劃精密的殺人計畫，是不太可能。」

「那麼組長，有沒有偽裝成失智症的可能性？」

「這也來請教一下栂野醫師。」

真琴對求救般轉過頭來的古手川詳細說明：

「失智症的診斷多半是以問答的方式進行，但更確鑿的是MRI與SPECT檢查。若是阿茲海默型失智，會出現海馬迴萎縮或血流變少的現象，能夠以顯影診斷來確認這兩點。」

「剛才提到的診斷啊，MRI和SPECT的檢查辰子都做了。是透過這兩者的顯影才診斷為失智的。只要沒有調整海馬迴大小和血液流量的本事，就沒辦法偽裝失智。」

古手川不作聲了。

3

「可是請等一下！」

介入兩人談話的真琴發現出聲的是自己，驚慌失措。

渡瀨朝這邊瞪過來。這位仁兄的面相越是正視越顯得凶暴，而且一副不聽人言的樣子，自己怎麼會試圖與他正面交鋒啊？

「不管枚方太太是不是失智，屍體都要送往浦和醫大。不管經驗值淺還是不淺，我都是屍體的專家。既然我判斷有解剖的必要，就請讓我們解剖。」

「那，要是解剖之後什麼都沒查出來，妳能負責嗎，栂野醫師？」

平常就已經夠恐怖了，再橫眉豎目瞪上一眼，連武鬥派流氓都遜色三分。即使如此，真琴還是要說。

「為什麼這時候要談責任？」

「妳說什麼？」

「現在以解剖確認死因為最優先。要追究責任，事後慢慢再追究不行嗎？」

「果然是不懂得人情世故的人會說的話。」

「比起人情世故，我還有更多該學該懂的事。」

「警方和大學都有自己的規範和守則。是他馬的麻煩得要命，但只要按步就班就能分散責任。反過來說，想不顧規範我行我素，就要承擔後果。這就叫作責任。」

「如果像我這種菜鳥的頭你們也要砍，我隨時奉上。」

真琴一這樣放話，渡瀨的眉頭就出現深得足以夾住名片的皺紋。

「妳是說真的？」

「我不會拿工作來開玩笑。」

是嗎——渡瀨說完，視線轉向古手川。

「那好，你和栂野醫師一起去等解剖的結果。」

「……可以嗎？」

「沒什麼可不可以的，這位年輕醫師都堅持要我行我素了。我們一課平常深受浦和醫大的照顧，除了奉陪還能怎樣？」

留下這句話，渡瀨頭也不回地走出了太平間。

「好像一陣颱風喔。」

真琴邊開始推擔架邊低聲這麼說，在後面推的古手川以不滿的語氣回應道：

「妳也替每天都被那颱風颳的我想想。」

雖然有心同情他，但想抗議的心情更強烈。

「他幹嘛大老遠跑來轄區的停屍間？是因為古手川先生沒信用吧？」
「哎，妳聽我說……」
「剛才真的是嚇死我了。平常就被你形容得像凶神惡煞一樣，這次還是第一次見到本人。我還以為我會被當場掐死。」
「……那個喔，他的眼神不是那個意思。」
「咦！」
「我想真琴醫師大概看不出來，那個態度是尊敬真琴醫師。」
「那樣也算？」
「他不是全盤接受真琴醫師的主張了嗎？」
「如果是的話，他的情緒表達也太扭曲了。為什麼會尊敬我？」
「因為他最喜歡和組織合不來的人了。」
你自己還不是一樣跟組織合不來——本來想這麼說的，但還是算了。因為真琴覺得說了也會被原封奉還。為什麼那個乖僻教授身邊聚集的都是一些和組織格格不入的人啊。
真琴與古手川抵達浦和醫大時，凱西顯然已經做好解剖的準備了。
「Oh，真是叫我久等。」
「凱西醫師。妳是在等我們呢，還是在等屍體？」

「你真的想知道？」

古手川死了心般搖著頭，把遺體送進解剖室。

三人換好解剖衣時，簡直像是看準了時間般，光崎現身了。

不管他是乖僻也好、脫軌也好，總之光崎就是解剖室的帝王。他踏進來的那一瞬間，便能感覺到屋內的空氣頓時緊繃。

「那麼，開始了。屍體是七十多歲的男性。檢視官認定為心臟衰竭。體表的手術疤痕是因舊疾而進行的手術所留下的，沒有其他外傷。手術刀。」

光崎以真琴遞過來的手術刀向屍體說話。熟悉的Y字切開，緊接著去除肋骨。不知是否因遺體脂肪少，切斷時的聲音聽起來乾了幾分。

之所以聽到本來應該聽不到的切斷聲，是因為光崎以外的三個人看他動刀看得忘了呼吸。無論是手術刀還是肋骨剪，都只不過是一般用具，但被光崎的手指握住的那一瞬間，彷彿就變身為擁有意識的生物。刀尖抵住精準無比的點，肉沿著肌肉纖維的走向分開。這一連串的動作怎麼看也看不膩。

總有一天自己也要主刀——最近真琴開始會這麼想，但每當看到光崎運刀的手法，決心就會動搖。因為她所體認到的力量差距無法單憑經驗值來解釋。

而且光崎的手術充滿了對屍體的敬意。無論是溺死的屍體還是燒死的屍體，光崎絕對沒有一絲輕忽。宛如對待藝術品般慎重地切開肉體。若他對待活著的人有這十分之一的尊重，在一般人口中的風評也會好得多，但光崎本身對這種事一定不屑一顧吧。

「肋骨剪。」

切斷肋骨的聲音聽起來也比年輕的屍體來得輕。骨頭與組織一樣都會老化而脆弱，這本是天經地義，但透過聲音認識這個事實還是令人萬分惆悵。

肉體是誠實的。再怎麼衝勁十足、再怎麼裝年輕，往裡面一看，該幾歲就是幾歲。肌肉變少、脂肪變薄、血液凝固。過去的不養生改變了器官的顏色與形狀。

枚方有心臟方面的舊疾，他的肉體內在如實反應了這一點。年老與運動不足，或許還有精神壓力，使得他的每一項器官都顯得脆弱。

「冠狀動脈沒有粥狀硬化。」

粥狀硬化一旦破裂、受損，便會在冠狀動脈內膜形成血栓。既然沒有粥狀硬化，心肌梗塞的可能性就很低。

接著心臟被切開。站在旁邊也看得出光崎的眼睛正精密地檢視其內部。

「動脈、靜脈都沒有堵塞。間質沒有水腫、心肌也沒有凝固壞死的症狀。」

光崎的話平平淡淡的，但所宣告的內容是對心臟衰竭這個看法的異議。

「沒有心室肥大，左心室也沒有擴張。因此心肌病變的可能性也很低。心肌並未混濁，也排除心肌炎的可能。」

聽著聽著，真琴越來越緊張。解剖的發現一一排除了器質性病變的特徵。剩下的可能性，就只有非病變的致死性心律不整了。

若是枚方的死因是非病變的致死性心律不整，當然不會出現心臟衰竭的症狀。剖檢無法證明，在法醫實務上也只能診斷為猝死。換句話說，鷲見的判斷是正確的，反而真琴的判斷是錯誤的。

真琴彷彿能聽到腦中的血液刷地倒流的聲音。

頭一次被委任判斷。動員了貧乏的經驗與所有的醫學知識，強行進行司法解剖的結果竟是如此？

生手出的大洋相——在臉色發白後，真琴也快心律不整了。在渡瀨面前誇下的海口這麼快就打臉。真琴脫不了責任。

不，不止真琴。無論原因如何，這也是浦和醫大法醫學教室的洋相。負責人光崎不可能倖免於難。

怎麼辦？

結果自己的見識短淺給這麼多人造成困擾。

排山倒海而來的自責之念就要將真琴壓垮，而另一方面光崎的手術刀已抵達鎖骨下靜脈。

「切開皮下囊。」

真琴的眼睛牢牢被那部分吸引住了。

鎖骨下出現的是一個橢圓形的心律調節器。調節器連出來的兩條引線分別從鎖骨下靜脈連接至右心房與右心室。

心臟一天大約會收縮、擴張十萬次。控制心臟鼓動的是竇房結所產生的電流，這些電流若因某些原因傳導不順時，就會引起心律不整。

這時候代替原有的傳導將電流傳給心肌就是心律調節器的任務。據說以前是外裝的，有微波爐那麼大，隨著小型輕量化與高性能同步並進，現在大小僅有半個拳頭左右，甚至具有配合體溫調節心搏的功能。

光崎先放下手術刀，在剪斷兩條引線之後，從皮下囊取出心律調節器。

「凱西醫師，接上電極確認功能。」

凱西奉命將心律調節器接上程式調節器。將前端的程式調節器頭接在心律調節器上，以高頻電波來確認內部的狀況。

注視了程式調節器的螢幕好一會兒之後，凱西終於以沙啞的聲音說：

「Boss，動作異常。」

真琴不禁朝凱西看。古手川也一臉意外，但自己的表情肯定也和他相去不遠。

「光崎醫師，那麼，枚方猝死的原因，就是心律調節器失靈嗎？」

「你認為是剛好不巧失靈嗎？小子。你看看他的病歷。手術後也定期回診。這為的就是檢查心律調節器吧。你想想有什麼原因會讓維持定期檢查的心律調節器發生異常。」

回答這個問題的是真琴：

「強烈的電磁波……心律調節器會因為強力磁場而錯亂。」

聽到電磁波，一般就會想到手機和家用微波爐，但如果不是緊貼著便不至於造成影響。手機方面，政府宣導應離開十五公分。

那麼，到底是什麼造成的？

「還不明白嗎，小子。這具遺體是在哪裡發現的？」

「啊啊……」

古手川想起答案般發出呻吟，

「現場正上方有高壓電線。」

「他把那一帶當作散步路線有兩週左右了吧。如果說他本人早就料到在高壓電線底下來回走動不止一次而是很多次，心律調節器會發生異常，也沒什麼好奇怪的吧。」

「這麼說……」

「身上植有心律調節器的患者，醫生都會詳細告知注意事項。這種事攸關性命，而且又是在身體裡植入精密機器。這麼重要的注意事項不可能會忘記的。恐怕他本人是明知危險，還走在那裡的。就算不是鐵塔的高壓電線，電磁波強的地方到處都有，很可能在路上就受到致命的影響。」

「您的意思是，這是自殺？」

「這就要由你們來調查了。不關我的事。」

光崎一個轉身背向古手川，便著手縫合。

古手川立刻如箭離弦般衝出解剖室。簡直和狗沒兩樣。

另一方面，真琴則因為鬆了一口氣而差點腳軟。

即使如此，她還是有事必須與光崎招認。

「光崎教授，謝謝您。」

她朝著看也不看這邊一眼、默默動手的光崎深深行了一禮。

「我沒有和教授商量，就自行判斷要解剖。要是沒有發現任何異狀，就會給教授和浦和醫大造成莫大的困擾。」

「要是造成莫大的困擾，妳打算怎麼辦？」

「咦？」

「妳以為寫上一封辭職信，順便再出個醜，事情就能擺平嗎？」

「這……」

「聽說妳還放話說，在談責任之前先讓妳解剖再說，是吧。縣警那個怪僻的傢伙都傻眼了，說那可不是菜鳥該撂的大話。」

那個牛頭馬面的大叔怎麼這麼多嘴——

「也罷。年輕的時候談什麼責任只不過是逃避的藉口。現在要更珍惜別的。」

教授一定是這個意思吧。而真琴所追求的，這具遺體會教導她。

真琴再度將注意力集中在光崎的指尖上。

「結果，錯得實在太離譜了。」

兩天後來到法醫學教室的古手川一開口就認錯。「枚方重巳把散步路徑改到鴨川附近，不是因為精神壓力太大想看河邊的風景。他是沿著鐵塔延伸出來的高壓電線走過去的。把保險金改成三倍也不是辰子指使他的。他自己企圖自殺而改的。」

真琴問起是否掌握了自殺的證據，古手川卻緩緩搖頭。

「沒有，沒有證據。在高壓電線底下來來回回走動多半是他本人的意思，可是不能證明這件事和心律調節器失常之間的因果關係。雖然有間接故意的殺人，卻沒聽說過間接故意的自殺。我們組長把它叫作消極的尋死就是了。」

隨時都可以死，只是死的人是自己。這的確是很罕見的例子。

「假設重巳的死是自殺，那麼他與辰子的夫妻關係就會產生另一種看法。重巳受到罹患失智症的辰子的虐待是事實，但重巳不僅沒有怨恨辰子，反而擔心萬一自己先走一步怎麼辦。就算不死，也深知老老照護是沉重的負擔。但要讓辰子進入收費的老人院又需要一大筆錢。」

「所以他就提高了自己壽險的保額？」

「嗯。然後，以絕對看不出是自殺的方式留下保險金。實際上，光靠心律調節器失常這項事實，是無法斷定他殺或自殺的。只能勉強指出『也許』的可能性。因為結果是猝死，保險公司應該會理賠。」

這樣的話，真琴不顧一切強行司法解剖，就完全沒有意義了。
正因自責垂下頭時，便聽到一個比平常輕柔的聲音落在耳邊。
「真琴醫師做的事是有意義的。」
「不用安慰我……」
「妳證明了這件事可能是出自善意而非惡意，不是嗎？無論表面看來如何，枚方夫婦之間是有愛情的。這不是相當有意義嗎。」
古手川有點難為情地說。
結縭多年的夫妻之間，有的未必只是裂痕。
當中也會衍生並留下羈絆。枚方不惜犧牲自己，表達出的正是這夫妻間的羈絆。儘管在旁人眼裡看來或許是扭曲的，但這是枚方做得到的最好的方法。
枚方是懷著什麼樣的心情，每天走在那條高壓電線底下的呢？一想到此便心痛。但是，這絕非不愉快的痛。是讓人想起原已忘懷的感情的那種、甜蜜的痛楚。
當心頭開始感到陣陣溫暖時，真琴想起一張討人厭的臉。
「可是，縣警對這次的結論一定很不滿吧？尤其是那位渡瀨先生，我們不顧程序強行司法解剖，他有沒有抱怨說賠了夫人又折兵什麼的？」
只見古手川搔搔鼻尖，語帶辯解地說：
「抱怨是抱怨啦，不過不是針對解剖的結果，也不是針對真琴醫師。他那已經不叫抱怨，是全心全意在詛咒了。我跟他報告解剖結果的時候，還以為這次真的會被他掐死。」

「詛咒誰？」

「『修正者』啊。他的確是指出了不為人知的事實，卻沒有檢舉任何人。真要說的話，只是把縣警的解剖預算逼得更緊，把浦和醫大法醫學教室耍得團團轉而已。為了查出他的目的到底是什麼，我們組長都快被逼瘋了。」

「古手川先生平常都在渡瀨先生左右對吧？」

聽到他回答「嗯」的時候，真琴總算心生同情。

「不過最可怕的啊，是無論他再怎麼發火動氣，他的感情和思考都是另行運作的。雖然他罵『修正者』罵得全刑事部都聽得見，但我覺得他那雙眼睛好像看到了什麼。」

chapter

5

吊

1

「我回來了。」

一進自己的房間，若宮茜便對相框裡笑盈盈的姊姊說。這項回家後的儀式，從開始到現在即將滿三個月了。

放下書包，將制服換成居家服的時候，茜也繼續和姊姊說話。

「今天呀，美咲跑來跟我們報告說有人跟她告白了。大家都好嗨。而且啊，告白的竟然是那個高樹同學，害我們又被嚇到一次。因為他明明就一直跟博美在一起。男生真的以為這種事情不會傳到別的女生耳裡嗎？美咲說她告訴他『我還沒有落魄到要當小三』，當場拒絕了。可是這個也是齣——。因為，美咲自己的前男友和現任的也有一段時間是重疊的呀。我倒是覺得他們半斤八兩。」

不可思議的是，心中模糊不清的情緒一化為語言，就有了明確的形狀。一明確，就容易判斷是非。

回想起來，姊姊涼音還在這個家的時候，她們也常這樣聊。涼音雖然不會對茜的話一一點評，但和姊姊說話就能去除心裡的疙瘩，所以茜都自顧自地說。涼音一定也很清楚自己擔任傾聽者的功用吧。

「我是覺得美咲其實不必特地來找我們商量那些，不過她是獨生女，講話的對象就只有媽媽……」

啊啊，對嘛。

自己因為有涼音這個傾聽者，所以煩惱也少。大自己七歲的姊姊無論舉止還是想法都很成熟，是茜最貼身、最信賴的前輩。

涼音平常都不會插嘴評論茜，只有一次否定了茜的想法。茜絕不會忘記，就是在國二升國三那時。

茜班上霸凌越來越盛行。一個冒著良心也稱不上可愛的愛看書的女生，受到一個女生小團體的精神虐待。被霸凌的對象是沒有所謂的基準的。誰膽敢舉旗反霸凌，一秒就成為下個標的。所以和那個女生沒什麼來往的茜決定當個旁觀者。

而涼音卻叱責了她的態度。旁觀者就是霸凌的幫凶。看妳是要保護她還是幫她投訴那群霸凌團體都可以，不然姊姊就和妳斷絕姊妹關係——

茜問起姊姊為什麼這麼生氣，姊姊說，就只有霸凌別人的人才會不把霸凌當一回事，霸凌就是這麼蠻橫不講理，一個不小心就可能成為自殺的原因。

妳和同學同班頂多也才幾年，但和姊姊的關係可是一輩子的事。這一點，妳最好想清楚。

由於涼音的威脅，茜決定成為那女孩的後盾。雖然有一段時間被那群小團體當作敵人，但在升上三年級的同時，敵意也無疾而終，茜和那女孩結為死黨。如果在那個階段一直守著旁觀者的身分，後來一定不會有什麼好結果。茜對涼音真是感激不盡。涼音開始上班以後，依然是茜的指南針。

而涼音卻在三月自殺了。

她在公園的森林裡上吊，是附近晨跑的居民發現的。

茜是放學回家之後才得知這件事的。母親鐵青著臉告訴她這件事，茜這才知道所謂面無血色原來是什麼樣子。只不過對母親而言，茜也是驚惶得面無血色。

顧不得換衣服便趕往警署，涼音的遺體已經安置在太平間了。驗屍的手續也已完成，負責的刑警說已判斷沒有他殺嫌疑，請家屬儘快領回遺體。

雙親提出異議。他們主張涼音不是那種會自殺的女兒。茜也持相同意見。那個堅強得不知絕望為何物的姊姊不可能會做出自絕性命的事。

然而負責的刑警卻當著茜一家人的面說起一些令人難以置信的事。並且告訴他們警方推論這就是自殺的原因。

警方宣告的事實令茜一家人錯愕不已。因為太過離譜，父母與茜激動萬分，但刑警一臉過意不去地解釋他們有證據。

總之，涼音的死被當作自殺處理，遺體火化了。由於自殺的原因不光彩，前來弔唁的人很少，葬禮悲傷又冷清。香煙裊裊中，茜心中種種思緒錯亂，幾欲爆炸。

死者當然不應該遭到這樣的對待。這樣涼音太可憐了。

然而，一個十六歲的少女再怎麼縱聲高呼，警方和社會也充耳不聞。於是百感交集的心情又加上了自怨自艾。

照片裡的涼音一直笑著。

望著她，視野漸漸模糊。

＊＊＊

「在開始解剖之前，請先向大體老師行禮。」

真琴一這麼宣布，怯怯地俯視老人遺體的醫學生們便趕緊鞠躬。

十個人進了解剖學教室，教室就爆滿了。真琴不禁想像起要是冷氣因為這樣不夠冷，會醞釀出什麼樣的臭味。

「那麼，開始了。」

凱西宣布執刀，聲音中的自豪只有深知這位副教授個性的人才聽得出來。平常司法解剖都是由光崎主刀，但司法解剖的參觀和解剖學實習則是由凱西帶頭指揮。今天，凱西與真琴受解剖學教授之請，來當解剖學實習的救火隊。凡是醫學生，誰都必須通過解剖學實習這一關。

「大體老師是八十七歲的男性。在執刀之前，首先要以目視的方式確認體表特徵。好，那邊那個戴耳環的人。」

「我、我嗎？」

「直接將大體老師的上半身扶起來，確認背部有無異狀。」

「我、我嗎？」

「這裡面戴了耳環的就只有妳一個。除了必須謹慎的作業之外的重複確認，會被懷疑理解能力低落，請大家多加注意。」

一開始就給下馬威呀——真琴暗自佩服，只是佩服的點不太對。

被指名的女學生臉都歪了，朝遺體伸出手。碰到遺體的那一瞬間，就一副要哭出來的樣子。

「腰部薦椎和腳跟的變色是褥瘡。褥瘡是持續性的壓力造成組織缺血狀態而引起的壞死，由此可知，大體老師在臨死之前是長期臥床的。OK，請恢復原狀。」

凱西的手術刀刀尖抵住遺體的胸口，在一瞬猶豫之後，拉出了漂亮的直線。雖然不如光崎，仍是個美麗的Y字。

可惜的是，在場的學生不懂得手術技巧的好壞，只顧著看切開部分浮現的血珠。喔喔，挺專心的嘛。

然而，他們的專心也只到遺體的身體被打開為止。等內部從切開的部分露出來，好幾個學生就被釋放出來的腐臭味嚇得後退半步。

「嗚呃！」

「怎麼這麼臭！」

凱西的聲音帶著作弄的意味：

「Oh，unbelievable。這內部氣體只是前菜而已。這樣就被嚇得腿軟，無法享用接下來的全餐喲。」

面對神情愉快地握著手術刀的凱西，學生們早已驚慌失措。

「好，那邊那位娃娃臉的男同學。」

「我、我嗎？」

「大體老師的死因是肺癌，請實際切除肺部，敘述病灶的症狀。快呀，把雙手伸進去。」

「咿咿咿！」

往生者好心提供了大體，怎麼可以怕成這樣——真琴雖然這麼認為，但只要想到自己一開始也沒有好到哪裡去，就心生同情，覺得難怪他們害怕。而且有一件事是絕對不能說的，那就是銀髮族的大體捐贈最近供給過剩，說實話有點吃不消了。

銀髮族的大體捐贈是這十年才開始增加的。

罹患重病的老人或是為了報恩而登記，或是熱心於社會貢獻自告奮勇，其遺體將會提供給醫學系、牙醫學系的學生用於解剖學實習。一九五〇～六〇年代，隨著有志於醫學的學生增加，實習所需的遺體不足，重視此一現象的慈善家便呼籲社會大眾登記大體捐贈，登記捐贈制度應運而生，有了前人的耕耘，如今已有相當數量的人們登記捐贈遺體。

然而最近大增的狀況，原因卻有別於感恩與善行。主要原因是銀髮族的增加與觀念的改變，但其中有些無依無靠的高齡人士，或是不願在死後麻煩家人的長輩，為了節省喪葬費而希望捐贈遺體。實習後，使用過的遺體將送交火葬，費用由大學支付。若無人領取，也會安置於大學的靈骨塔。

無論是基於慈善還是別有用心，屍體一樣是屍體，但一旦知道了這背後的內情，感恩之心多少還是會減少幾分。不，如果是這樣也還好，但現在事態又更加複雜了。

浦和醫大今年已經有三百個人登錄。但是由於無人領取的遺體眾多，火葬與安置的費用已成為大學方面的重擔。尤其是現在解剖費用因「修正者」而耗竭，這筆意外的支出對浦和醫大的荷包無異是雪上加霜。

這種狀況再持續下去，就算是縣警再怎麼申請報驗，本年度的司法解剖遲早也必須叫停。全面信賴光崎解剖的古手川等人想必會很懊惱，但唯有錢的問題不是心直口快能夠解決的。

留下遺憾、死因不明的屍體，與精打細算、以節省費用為目的的大體。同樣是屍體，但這樣希波克拉底還會叫我們平等對待雙方嗎？

看著學生的狼狽與恐慌，真琴忽然思考起這些。

實習一結束，學生們面色如土地離開了解剖實習室。

「嗚嘔嘔嘔。」

「我暫時不敢吃牛丼了。」

「還好我的志願是內科……」

「解剖學實習我當掉算了。」

一回到法醫學教室，緊接著古手川就進來了。
「哦，剛才在解剖實習嗎？」
「古手川先生怎麼知道的？」
「我進來之前和一群學生擦身而過，他們有那種獨特的味道。而且明明就要吃中飯了，卻每個都一臉沒食欲的樣子。」
觀察得還真仔細——真琴心想。
「真琴醫師是不是覺得很懷念？」
「為什麼？」
「妳頭一次看光崎醫師解剖完，臉色也跟他們一模一樣。難不成妳已經忘了？」
剛才的收回。
真是白佩服他了。
「今天有什麼事呢？」
這時候，收拾好解剖室出來的凱西眼尖發現了古手川。
「Hello，古手川刑警。又來申請解剖嗎？」
「不是，今天是……」
「不是啊。那是來找真琴約會嗎？」
兩人同時大叫「凱西醫師！」。

「我是因為有實在找不出答案的難題，才來這裡商量的。」

「女孩兒的心不是那麼容易就找得到答案的。」

「不是那個啦！我是想問，要怎麼樣才能解剖已經火葬的屍體。」

這回換真琴和凱西同時出聲了。

「還以為你要問什麼呢。」

「古手川刑警，你該不會把法醫學當成詭異的中世紀魔術了吧？」

「不是啦，妳們聽我把話說完。其實這也是和『修正者』有關的案子，只是順序被排到後面了。」

一聽之下，原來案子本身發生於今年三月。都三個月前的案子了，也難怪屍體已經火化。

「這個案子『修正者』也留了言，可是為時已晚，屍體早就化成灰了。正想著手調查的時候，又陸續發生了比嘉美禮小妹妹和其他的案子，所以才把屍體已經不存在的這個案子往後移。和『修正者』有關的案子大致都解決了，現在才總算能夠處理這個舊案。」

三月二十八日，埼玉縣朝霞市的城山公園樹林裡，發現了一具年輕女性的自殺屍體。死者是若宮涼音，二十三歲。涼音在高約二公尺的樹枝上掛了繩索，套住了脖子。

「屍體發現於三月二十八日，『修正者』的留言是三月三十一日。晚了一步，屍體已經送進火葬場了。雖說就結果而言，專案小組是在佐倉亞由美的案子以後才把『修正者』的留言當真，但若宮涼音之所以被乾脆地當成自殺來處理，是因為還有別的原因。」

凱西似乎很感興趣，走到古手川面前。

「Please，古手川刑警，請繼續說。」

「從死者身上的衣物發現了本人的錢包和手機，手機裡有本人的遺書。遺書的內容很簡潔：

『是我盜領了客戶的錢。對不起，給大家添麻煩了。』」

「盜領客戶的錢？」

「若宮涼音在銀行上班，調查之後發現，她從四十個客戶的銀行帳戶裡提領了總計約四百萬的存款，存在某個空頭帳戶裡。這個空頭帳戶的所有人就是若宮涼音。」

涼音持續每天都把一些錢轉進這個空頭帳戶。遭到盜領的帳戶所有人都是金錢出入頻繁的高所得者，因此很晚才發現。

「手法很巧妙。一個帳戶一週才領五萬圓左右，而且是透過電腦來操作，讓戶頭看起來像是從ATM領錢。帳戶的所有人大多是資金充裕的客戶，所以對一次五萬圓的出入不會細查。」

但雖然只是少數，還是有客戶對這筆用途不明的提款感到懷疑。銀行方面同時接到好幾筆同樣的詢問，一調查，發現帳戶出入資料的確有遭到竄改的痕跡。於是才發現存款被盜領了。

「所以總行決定進行特別監查，預定執行的那一天，若宮涼音無故缺勤。接到通報的縣警二課去搜索她的行蹤，第三天屍體就被人發現了……事情就是這樣。」

「特別監查的結果怎麼樣？」

「沒有冤枉她。資料竄改都是從她的電腦操作的。」

「所以她手邊有四百萬？」

「沒有。無論是空頭帳戶還是她房間都沒有找到現金。只不過銀行從電腦找到她操作的痕跡，又從她房間找到空頭帳戶的存摺，所以專案小組斷定盜領的犯人是若宮涼音。自殺的理由也像遺書裡寫的一樣不是嗎。空頭帳戶被發現，又得知要進行特別監查，她就決心自殺……這是專案小組的推論。」

「而這時候出現了『修正者』的留言是吧？」

「對。因為案子已經結案，若宮涼音的遺體本身也已經不存在了。『修正者』的暗示應該是叫我們懷疑若宮涼音是否真的上吊自殺。」

「驗屍是誰負責的？」

「看記錄是鷲見檢視官。因為盜領案公諸於世，屍體的狀況怎麼看都是自殺，所以沒有進行司法解剖。我也是因為這樣才來請教光崎醫師的意見的。」

「這問題非常難呀。」

凱西雙手環胸陷入深思，

「只剩下文件，其餘本人的組織或部分肉體又都不存在。」

「很遺憾，連一根頭髮都不剩。剩下的就只有驗屍報告書和死亡證明而已。」

「這樣就實在沒辦法了。」

真琴介入了兩人之間，

「光崎教授再怎麼權威，要他解剖已經不存在的屍體，未免太強人所難了。」

「我也是這麼想的啊，」

古手川完全是辯解的語氣，

「可是過去再怎麼強人所難醫師也都做到了啊。所以這次我也期待他能發揮通天的本領。我可要先聲明，最先出這個主意的不是我，是我們組長。」

若是以前，真琴一定很想賞他一巴掌叫他不要亂來，但現在卻神奇地感到同情。被那惡鬼般的長相一聲令下，再怎麼不願意也會立刻飛奔到法醫學教室吧。

「我把全部文件都拿來了，能不能請妳們先看看？」

說完，古手川從背在肩上的包包裡取出了一疊紙。

2

驗屍報告書列舉了以下九點鑑別點。

(1) 索溝＝索痕
(2) 臉部瘀血
(3) 結膜點狀出血
(4) 屍斑
(5) 皮下出血
(6) 糞尿失禁
(7) 懸吊位置
(8) 腐敗
(9) 骨折

若宮涼音是上吊自殺，也就是縊死，驗屍報告書針對前八點的記述如下：

首先「(1)**索痕往斜上方，沒有交叉處，經過喉部上方**」。縊死所造成的索痕會以承受體重最多的部分為最低點，由此往上方沿伸。通常都是由前頸部沿伸至後上方，所以吻合條件。

「(2)**無瘀血**」。流向頭部、顏面的血液是透過內外頸動脈、椎動脈運輸。若是徒手扼殺或以繩狀物勒斃，靜脈的血流會遭到阻礙，但動脈卻仍維持流通，因此會因單方面血液流通而形成瘀血。涼音是自縊，沒有瘀血很合理。

「(3)**結膜無點狀出血**」。這也與(2)有關，當臉部瘀血，微血管便會破裂而形成點狀出血。結膜的點狀出血也是其中之一，但這具屍體沒有瘀血，所以當然結膜也沒有點狀出血。

「(4)**屍斑集中於下半部**」。屍體懸掛了整整兩天才被發現。屍班集中在手腳前端和下腹部，這也是理所應當。

「(5)**無皮下出血**」。若是扼死或勒斃，死者為了試圖去除對方的手或繩索，指甲會留下防衛性創傷，但自殺屍體沒有。

「(6)**失禁僅約沾染衣著**」。人死亡時由於括約肌鬆弛會出現糞尿失禁的狀況。因而上吊時屍體正下方普遍會殘留糞尿。但是，涼音的失禁只有些許排泄物，亦可作為自殺解釋。在現今的資訊社會，人死了會失禁廣為人知。年輕女子不願讓人看到死後不得體的模樣，在自殺之前先上過廁所也不足為奇。

「(7)**懸吊處可見繩索造成的凹陷**」。這也與鑑識的報告內容一致。

「(8)**腐敗**」。因已死亡兩日，部分遺體已開始腐敗。

「(9)**無明顯骨折**」。

真琴覺得奇怪。只有這一點引起她的注意。或許是發現她的臉色變化，古手川朝她靠過來。

「有什麼不對勁的地方嗎？」

「**這個骨折的地方……**」

這裡所說的骨折指的是舌骨、甲狀軟骨的骨折。這些骨頭位於縊死、勒死、扼死所壓迫的部位略略上方，經常因壓迫而發生骨折。

真琴的疑點並沒有大到足以推翻自殺判定。然而，考慮到自己莽撞的發言可能給古手川和專案小組帶錯方向，真琴就不敢輕易開口。

正在猶豫，凱西忽然從背後探出頭來：

「真琴，這怎麼行呢。古手川刑警是以專家的身分來問真琴意見的。真琴也必須以專家的身分來回答。」

沒錯——真琴甩開怯懦重新面對古手川。會這樣幫腔，可見得凱西一定也注意到同一件事了。

「在縊死的情況下臉部為什麼沒有瘀血，是因為不僅流過頸部的動脈和靜脈受到壓迫，椎動脈也同時受到壓迫，反過來也就意味著，壓迫的力量非常大。」

「哦，我明白了，真琴醫師。」

古手川恍然大悟般捶了一下手心，

「如果是上吊自殺的話，舌骨和甲狀軟骨沒有骨折就很奇怪，是嗎？」

「雖然不見得每個案例都會發生，但頻率很高。」

「可是，除了這一點之外，症狀全都指向縊死。就驗屍報告書上所看到的，除了索痕之外也沒有外傷。」

「這純粹是可能性，不過假如是因為壓迫頸動脈以外的原因窒息，接著馬上從脖子吊起來的話呢？這樣屍斑也不會移動，也能夠滿足其他條件。」

「要是遺體還在，解剖之後就能判斷是自殺還是他殺嗎？」

「我的話不敢保證，但光崎教授一定查得出來。」

古手川萬分遺憾地低低唔了一聲。

「不知道能不能從遺骨上查出來喔？」

「如果有骨頭還有可能，但骨頭已經燒成灰了吧。」

凱西無情地搖頭。

「Boss雖然是個超凡入聖的法醫學者，卻不是魔術師。」

「只能靠司法解剖以外的辦法來查了。」

「可是古手川刑警，若宮涼音的房間警方應該已經搜索了吧？」

「當初的搜索是以自殺為前提。如果以他殺為前提來看的話，可能會有不同的發現。」

喔喔，這句話說得很像一回事嘛——真琴正佩服時，矛頭便指向自己。

「那麼，真琴醫師，能不能請妳同行？」

「咦！為什麼找我？」

「那是年輕女性的房間啊。我想，我不會去注意的，也許真琴醫師會注意到。凱西醫師，可以借用一下真琴醫師嗎？」

只見凱西露出萬分遺憾的表情：

「既然這樣，我也想一起去。」

「凱西醫師的興趣嗜好太過偏頗，完全無法作為參考。這方面，真琴醫師還好一點。」

什麼叫作還好一點——雖然有點生氣，但至少還算是被當成正常婦女看待，所以真琴倒也沒有不高興。

坐上巡邏車的時候，古手川以一聲「抱歉」道歉。

「果然是有其他的理由啊。」

「被害者家有個我應付不來的家人。非常痛恨警察，包括我在內。如果要找一個與辦案有關又不是警官的人，我想真琴醫師是絕佳人選。」

「……要付我加班費哦。」

真琴是開玩笑的，但沒想到古手川竟然僵住了。接著他吐出來的話，換真琴僵住了。

「我帶妳去吃好吃的，這樣能不能扯平？」

聽他說得差點咬到舌頭，馬上就知道這不是他平常會說的話。

「我、我會考慮。」

這句話讓兩個人都更加僵硬了。

車子在尷尬中行駛了一個小時左右，抵達了朝霞市的若宮家。時間已過傍晚，所以除了母親，名叫茜的妹妹也在家。

「警察這時候來找我們有什麼事？」

看到來到門口的母親菊枝的反應，真琴就明白古手川說應付不來的家人便是她。面對警官她不但不害怕，連門檻都不讓進去。身旁的茜不知所措她也不管。

「能讓我們到令千金的房間看看嗎？」

古手川一臉嚴肅地拜託，菊枝根本不聽。

「你是上次和朝霞署的刑警先生一起來的人吧。這時候又有什麼事？」

「為了辦案又再次前來拜訪。」

「辦什麼案！說什麼涼音盜用銀行的錢，眼看事跡敗露就自殺了。這種胡說八道虧你們說得出來。」

菊枝在門口就緊咬古手川不放。一副要是敢試著把腳踩進來，就要把人一腳踹下去的氣勢。

「那孩子怎麼可能盜領別人的錢。更不可能不和我跟她爸爸商量一句就跑去自殺。我可沒有養過那種不學好又軟弱的孩子。我說了那麼多，警察不是什麼都不肯聽嗎。結、結果，那孩子的葬禮真的好冷清。朋友連一半都沒到。親戚也幾乎都不肯來。現在鄰居還在我們背後指指點點，說我們養出犯了罪的女兒。這一切的一切，還不都是因為警察把涼音當犯人才造成的嗎！事到如今說什麼再調查？開、開什麼玩笑！」

菊枝的口水也噴到真琴臉上。她的氣勢太過淩厲，真琴什麼也不敢說。默默聽著，彷彿連自己也成了警方的一員。

「不管是在太平間還是在問訊的時候，我一直一直跟你們警察說，你們卻一次都不肯聽。還說什麼在家裡很乖的孩子出了門就會變一個樣子，拿這種莫名其妙的歪理來應付我們。涼、涼音她已經變成灰了，在土裡安眠了。現在是要怎麼調查，你說啊！」

母親因難以接受的理由失去女兒，她的心情真琴能夠理解。好友病死之際，她的母親是多麼驚慌失措、六神無主，真琴仍記憶猶新。

無意間將視線轉往站在旁邊的茜，只見她好像有話要說般，輪流注視著母親和古手川。

真琴的直覺告訴她：

這孩子會是突破點。

「茜同學，妳叫茜沒錯吧？」

真琴頭一次出聲，菊枝和茜都吃了一驚往這邊看。

「妳覺得呢？妳也想趕走這個為了想重新調查而來拜訪的刑警先生嗎？」

菊枝臉色很難看地插進來：

「等一下。妳懷柔這孩子也……」

「回答我，茜同學。妳要讓妳姊姊永遠背著盜領的污名嗎？讓大家一直以為她就像警察公布的那樣，是畏罪自殺嗎？」

「不要。」

茜毫不遲疑地回答，

「姊姊才不是會盜用別人的錢的人，也不是那種不明不白就去自殺的人。這我比誰都清楚。」

「那就讓我們調查。」

真琴把古手川推到菊枝和茜面前，

「這位刑警先生雖然有些思慮短淺的地方，但他最討厭扭曲和謊言了。所以如果妳姊姊真的不是會盜領、會自殺的人，他一定會認真找到證據的。我雖然不是警方的人，但這一點我可以保證。」

說完，真琴就後悔應該有別的更好的說法。回頭看她的古手川一臉非抗議不可的樣子。

「我明白了。你們可以去查姊姊的房間。」

「茜！」

「有什麼關係呢，之前就被調查過了。而且這兩個人好像可以相信。」

有了茜居中調停，菊枝不情不願地讓兩人進去。

涼音的房間就在茜的房間隔壁。

「所以講手機什麼的說話聲都聽得一清二楚。還有看影片的聲音也是。」

「案發前一晚，妳姊姊有沒有什麼不一樣的地方？」

「完全沒有……所以我更無法接受。」

房間據說維持著涼音過世時的原樣。如果是真的，那麼涼音這個人就非常愛乾淨。房間約四坪左右，完全沒有散亂的衣服，零星的小東西全都收在架上，化妝台也整整齊齊。牆上掛了一幅名畫家的複製畫，但完全不會給人雜亂的印象。和真琴亂糟糟的房間大不相同。

雖然房間的整潔與否並不能代表一個人的精神狀態，但實在不像是被逼上絕路的OL的房間。

「收拾得好乾淨喔。是不是每個在銀行上班的人都這麼有條理啊？」

「姊姊說不是。她說，在銀行上班的人以B型的人佔壓倒性的多數，她也看過幾個公司同事的房間，大多數都很誇張。」

書架上擺著金融業務專業書籍和小說類的書，閱讀傾向看來也不像偏向某個類別。

「有沒有什麼東西被扣押？」

真琴問，古手川搖頭。

「沒有任何特別的。也沒有記事本這類的東西，所有的資訊好像全都在她口袋的手機裡。」

「我看一下喔。」

真琴向佇在門前的茜打過招呼走進去，打開化妝台的抽屜。裡面有耳環、戒指等飾品，但都不是什麼值錢的東西。

接著也看了衣櫥。春季的衣物整整齊齊地掛在裡面，風衣有兩件，但也不是名牌，都是大賣場買得到的。

真琴覺得奇怪。根據古手川給的資料，涼音盜領了多達四百萬日幣的金額。這樣的話，應該有些昂貴的衣飾才對，卻什麼都沒看到。

忽然想到還沒有看化妝品，於是真琴再度檢視化妝台。

在化妝品中，有兩種香水。但這樣的組合令人不解。

「香水怎麼了嗎？」

看到真琴的舉動，古手川出聲問。

「也不是什麼大事……不過，這個，一瓶是日本產的古龍水，裝在小容器裡，看起來像是每天用的，另一瓶則是香奈兒的香精，而且是新上市的。這一瓶就要四萬圓。」

果不其然，古手川一臉有聽沒有懂的樣子。

「抱歉。我不太懂古龍水和香精有什麼不同。」

「香水因賦香率，也就是香料的濃度的不同，由高至低分為香精、香水、淡香水和古龍水四種。因為賦香率不同，維持的時間也不同，古龍水頂多只有二小時，而香精可以維持長達七個小時。」

「那，這有什麼奇怪的？」

「就算是堅持只擁有一項奢華的東西，比例也太奇怪。古龍水我想一定是平常上班時用的，但這香奈兒應該不是。茜同學，想請問妳一下。」

「什麼事？」

「妳姊姊什麼時候會用這瓶香精？」

真琴朝茜的手腕按了一下香水讓她聞。

「這個，是姊姊假日外出的時候會擦的香水。平常上班的時候是這邊的古龍水。」

果然沒猜錯。

「問妳喔……妳姊姊是不是有男朋友？」

「什麼！」

古手川一副吃驚的樣子，茜卻以認真的眼神看著真琴：

「……也許有。」

「但妳也不確定？」

「這方面的事姊姊不會告訴我。不過，她只有放假出門的時候才會擦這瓶香水，所以我想她大概是去和男生見面。」

「古手川先生，在搜查階段有訊問過這樣的人嗎？」

「沒有，沒見到她的男朋友。連她有男朋友都不知道。」

古手川的臉色沉下來了。大概是還來不及大讚真琴從香水種類就聞出男人的存在，就對自己的知識貧乏生起氣來了。

「手機裡也沒有這類男性的名字。」

「那個一下就能刪除了吧。通話記錄和簡訊也是。」

真琴越說，古手川的臉色就越難看。如果從手機查出關鍵男性的存在是刻意被刪除的，此案便出現了本人以外的相關人物。換句話說，這便意味著必須懷疑是否有他人涉入了死者所留下的遺書。

「再找找吧。看看這次有沒有東西可以證明男友的存在。」

在古手川的提議下，茜也加入他們，展開搜索。但是找了近一個鐘頭，連一張相關的照片、一封信都沒找到。

真琴心想，也許這是當然的。大學事務或工作方面的來往不算，個人的互動和資訊交換等日常的交流她大多都是用LINE或社群網路來解決。記錄全都在網路上，不存在手摸得到的東西。

儘管搜索以徒勞告終，卻點燃了古手川的幹勁。

「再借一下死者的手機，拜託鑑識分析。」古手川說。

然後也不忘對茜的關心。

「幸虧有妳，讓我們發現了調查的漏洞。雖然現在還不知道情況如何，但我一定會查個水落石出的。」

自己也好想說說看這句話啊——

有那麼一瞬間，真琴這麼想。

3

古手川再度拿到涼音的手機，立刻拜託鑑識將刪除的資訊復原。

「當初在初步調查的階段就判斷為自殺，所以調查就被往後延。」

「如果當初查了，就不會這麼費事了。」

「別這麼說啊，真琴醫師。要是連檢視官判斷沒有他殺嫌疑的案子都要調查背後的關係，有再多刑警都不夠。這一點司法解剖不也一樣嗎？」

「話是沒錯啦……」

光崎和凱西都不在，法醫學教室裡只有古手川和真琴兩人。像這種時候大可談談案子以外的事，但談案子就能安心的心理也同時在運作。

「一復原，果然跑出來了。在死者死去的前一天還頻繁聯絡的。一個叫赤塚武司的男人。通話記錄和聯絡資料都被刪除了。」

「你是說，是在她本人死後才刪除的？」

這麼一來，手機裡的遺書是不是本人寫的就很可疑了。

「今天我來這裡，是有事想請教真琴醫師。上次妳不是說，偽裝自殺的手法之一，是設法用壓迫頸動脈以外的辦法讓人窒息之後，立刻把脖子吊起來。」

「那純粹是舉例……」

「我們會深入去查的就只有自己的案子，可是法醫學教室的醫師們處理過各種屍體吧。像是表面上看不出來的窒息而死的案例。最容易騙人的是什麼樣的症狀？」

真琴露出略加思索的樣子。看來是自認為模稜兩可的答案是不會被接受的。

「首先，最方便的一氧化碳中毒。」

真琴仔細解釋。根據她的說明，人體吸收了一氧化碳之後，會與血液中的血紅素結合，因而降低血紅素的運氧量。體內失去氧氣的供給，使人頭暈想吐，最後造成意識不清、心臟機能、呼吸停止。

「如果是這樣的話，表面上既沒有明顯的臉部瘀血，屍斑也不明顯，除非驗血測出血紅素值，否則很難辨識。」

「一氧化碳中毒的意外倒是很常聽說。」

「像瓦斯暖爐或石油暖爐這類開放型暖氣燃燒的是室內的空氣，廢氣也是直接排在室內，密閉空間裡一氧化碳的濃度當然會變高，而且空氣中的氧氣濃度降低，所以會造成不完全燃燒。因為有這樣的危險性，所以暖氣製造商也提醒使用者要經常通風換氣。」

「如果說是在密閉的室內，死亡率大概多少？」

「要看空間大小，不過當空氣中的一氧化碳濃度達到百分之零點一六，兩個小時便會死亡。」

「二小時……怎麼這麼快。說到一氧化碳中毒死亡，我只會想到引廢氣到車內。」

「死亡，其實就在我們身邊啊。」

這一點古手川也有同感。從事刑警這種看盡人世百態的工作，天天都有感觸。有屍體的情景平常就到處都是。只是被警方和媒體巧妙掩蓋，一般人難以窺見而已。

「話說回來，你現在問偽裝的辦法幹嘛？這不是案子查到某個程度才做的推理嗎？」

「當作預備知識先學起來也不錯啊。有沒有這個知識，問話的方向也會不同。」

「預備知識？那……」

「我等會要去找赤塚武司。昨天還不太想理我的課長，一知道手機裡有東西被刪掉，就積極起來了。只不過就案子而言，只是重查被當作自殺處理的案子而已，不能說是正規的辦案。所以我是單獨行動。」

「你們渡瀨先生不一起嗎？」

真琴問起那個名字，古手川聳聳肩：

「組長在查『修正者』。一個『修正者』就害縣警大亂，我們大叔忙著管理交通秩序。」

平常讓人有點心煩的人，一不在了卻莫名像少了些什麼，究竟是為什麼呢？

「那個赤塚是個什麼樣的人？」

「不太清楚。」

「不清楚你就要去找人家？」

「不是啦，身分是已經先查好了。他在東京都上班，三十歲。住在杉並區一棟蠻時髦的豪華公寓裡，職業是證券業務，沒結過婚，老家在栃木，雙親健在，沒有手足。」

「……都知道這麼多了，有什麼好不清楚的？」

「與若宮涼音的接點。赤塚是證券從業人員，而涼音是銀行女行員。雖然都是金融業，可是兩個人上班的地點離很遠，出身地和學校都不同。目前找不到任何接點。而最重要的一點是……」

「是什麼？」

「一個三十歲能幹的證券員又沒結過婚。以一般社會標準而言，算是單身貴族，可是這樣一個人為什麼非殺銀行女行員不可？完全看不到動機。不過，我去找他就是為了看清這一點。」

被派到搜查一課一晃眼就好幾年了，學到的東西不勝枚舉，而其中之一就是出其不意。即使是單純的訪查，也絕不會搞什麼事前預約。在對方準備抗辯、武裝之前，就一口咬住他的死穴。

古手川之所以突然找上赤塚的職場，完全是為了制敵機先。如果把資料從涼音手機裡刪除的真的是赤塚，刑警毫無預兆就找上門，他的心情一定會受到影響。再來就是針對他的破綻發動問題攻勢，自制力再怎麼強的人也會有所動搖。

在會客室被晾了十五分鐘。正當古手川要失去耐性時，目標總算出現了。

「你好，讓你久等了。」

赤塚武司給人的第一印象，是無懈可擊。

一身剪裁得宜的西裝，頭髮梳得整整齊齊。打招呼的方式也很老練，就是精明幹練的寫照。

「我是埼玉縣警刑事部的古手川。」

明明遞出名片就夠了，古手川卻偏偏出示了警察手冊。這也是給對方造成威壓的技巧之一。

「聽櫃台說來了警方的人，我嚇了一跳。不知道找我到底有什麼事？」

等著瞧。我馬上就扒下你這張故作冷靜的面具。

「你心裡沒有線索嗎？」

「沒有啊，完全沒有。」

「我是為了若宮涼音小姐的事來的。」

古手川注視著赤塚的表情說。在那裡出現的會是驚愕，還是不安——

「哦，若宮小姐啊。她怎麼了嗎？」

赤塚彷彿談天氣般，說得泰然自若。

「你不知道嗎？涼音小姐這個三月過世了。」

「咦咦！」

赤塚身子往前探，低聲驚呼。一副從來沒聽說的樣子，如果是演技，那真是可以拿金像獎了。

「過世了……請問，是在哪裡？」

「你真的不知道嗎？在公園的樹林裡。被發現上吊身亡。」

「那麼，是自殺了？」

「還不確定。所以現在也還在進行調查。」

「這樣啊。都已經是三個月前的事了啊……。哎，我們證券業關心的新聞都有點偏，對社會新聞啦，娛樂新聞這些都很疏離。」

「但你認識涼音小姐吧。三個月都沒聯絡，你都不覺得奇怪嗎？」

「因為我們又不會常聯絡。」

「不，就在涼音小姐過世前，好像經常和你聯絡……」

話說出口，古手川才想到：完了。

這張牌出得太早了。

「哦，手機有來電記錄嘛。」

赤塚一副恍然大悟的樣子點點頭，

「原來如此。只要知道我的電話號碼，向電信公司查詢，就能查出簽約時填的住址。一知道住址，問了大樓的管理公司也就知道我的上班地點。所以才找上我的，是嗎？」

聽著赤塚這一連串順暢無比的話，古手川暗自咬牙。因為古手川實際上就是這樣找到他的。

「你和涼音小姐是什麼關係？」

「還不算客戶吧？」

「這是什麼意思？」

「我照時間順序來說吧。我第一次見到她是今年二月，聯誼的時候。我同事認識涼音小姐的同事。所以各自找了單身的人辦了一次聯誼。」

「那麼，後來你們便開始交往了？」

「不不不，當場只是交換了名片，說過幾句話而已。連約會都沒有過。」

「這不是很奇怪嗎？你為什麼要和這樣的對象頻繁地聯絡？」

「原因就在於還不算客戶啊。聯誼之後過了一陣子，她主動跟我聯絡，說她考慮要做投資，問我能不能讓她諮詢一下。也就是說，還沒有談戀愛就先談資金運用。對我而言，多一個客戶也是求之不得的好事。」

「還不算客戶，意思是她沒有成為你的正式客戶嗎？」

「是的。本來我們的規定是要客人開戶之後，才能以正式的客戶身分洽談的，但奇怪的是，她不肯。就是一直叫我告訴她哪些股票會漲……怎麼說呢，她就是跟我要這類形同內線交易之類的消息。」

赤塚失望地搖頭。

「明明不是客戶，不，就算是客戶，我也不能這麼做。要是我敢做這種事，我會因為背信馬上被開除。所以我婉拒了，但涼音小姐還是不死心一直跟我聯絡。說她就是急需一大筆錢。不籌出這一大筆錢，她就毀了。」

那時候，涼音從客戶的存款帳戶裡領出了四百萬圓的巨款。如果她是為了填補這些空缺，要在短時間內籌到錢，那麼赤塚的話就十分吻合。

只不過，前提是這個男人的話可信。

「但她沒有明確地告訴我她為什麼需要那麼一大筆錢。我們這一行做久了，可以從對方的舉止看出端倪。從她走頭無路的樣子看來，我猜她是有什麼不可告人的理由。所以我儘可能不想和她扯上關係，但她的電話攻勢不斷。我也拜託她放過我，但她就是不饒人。不過大概過了一個月吧，她就沒有再跟我聯絡了。我正安心，想說她終於死心了啊，沒想到她竟然自殺了。」

「警方還沒有斷定是自殺。」

「可是她是在樹林裡上吊的不是嗎。有什麼令人懷疑她不是自殺的嗎？」

這傢伙，竟然還主動探消息。誰會上你的當。

「就像我最先說的，我們針對自殺與他殺兩方面進行調查。」

「可是，都已經過了三個月了，不是嗎？我倒是覺得，也未免太慎重了。」

雖然不耐煩，但最後關頭古手川想起了渡瀨的一句老話。

「太過慎重對警察來說才是剛剛好，你不認為嗎？」

「這個嘛，的確是言之有理……」

「涼音小姐持有的手機裡，與你的通話記錄全都被刪除了。這究竟是為什麼呢？」

「這拿來問我，我也不知道……我唯一能夠想到的就是，她大概不願意別人知道自己設法籌錢吧。要是有人來問我，她想在短期內靠股票獲利的事實就瞞不住了。一定是有什麼不可告人的原因吧。」

真想把這套回答當成模範解答表框掛起來。

「這年頭FX廣為人知，人人口耳相傳，金額小也能投資股票，處處可見炒股獲利的報導。當然這些報導並沒有錯，但有人靠股票賺錢，就一定也有人大賠。在景氣看好的時候，賠錢的人的聲音就不會受到重視。」

「涼音小姐也是其中之一嗎？」

「像涼音小姐這麼年輕的人，因為資金週轉不靈而走上絕路也不是多稀奇的事。我們做這一行的，那種例子看多聽多了。」

「你們在聯誼中認識了之後，就一直只以電話聯繫嗎？」

「不，有二、三次被叫到咖啡店去碰面。地點都是對方指定的，去哪裡我也記憶模糊了。」

「這個回答完全沒有明確回答重點，而且事後要怎麼撇清都可以呢。」

古手川明顯語帶諷刺，但赤塚卻不以為意。

「我的說法讓你不舒服嗎？真是抱歉。買了負責窗口建議的股票大賠，客戶就會來抱怨，所以我們講話會很小心不留下語病，久了就變成這樣了……喔，後市就要開始了。如果沒有別的問題，我想回自己的崗位了。」

看著抬眼請示的赤塚，古手川咬了嘴唇。

對方比自己高明了不止兩、三段。沒什麼。就是自己會問什麼、怎麼問，全都在他的掌握之中。應該要搜集更多材料再進擊才對。

「三月二十七日晚上到二十八日早上，你人在哪裡？」

「咦，三個月前嗎。唔——，一週之前的話我還記得，但三個月之前就沒辦法了。就算在哪家店喝到天亮，店家還記不記得也很難說。」

「……以後如果有問題，會再來請教。」

古手川頂多也只能咒罵般留下這句話。

＊＊＊

看相框裡的涼音笑得似乎比平常更燦爛，茜鬆了一口氣。

姊姊，警方的人終於認真出動了。

當然這樣還遠遠不夠。若不將凶手繩之以法，無法洗刷涼音的冤屈。

竟然殺了那樣正氣凜然的姊姊，還讓她背上盜領的污名。那種人，怎能這樣就放過。

那個名叫古手川的年輕刑警看來雖然思慮短淺，但給人一種直腸子的印象。光是這一點，就和朝霞署的刑警大不相同。先觀察一陣子再說吧。要是沒有進展，再想對策就好。

看著涼音的照片時，LINE的提示音響起。取出手機一看，是他傳來的。

「如何？」

劈頭就問。他果然也很關心。茜也透過LINE回答。

「來了一個刑警，不是朝霞署的，是縣警的，說要重新調查。」

「縣警嗎？看樣子終於認真起來了。」

「他問姊姊有沒有男朋友。」

「是茜回答的？」

「我說也許有。」

「這樣很好。涼音姊姊的手機裡被刪除的資料復原之後，一定會出現那個人的名字。茜最好還是不要多說。」

「不過，一切都照計畫進行呢。都是你的功勞，『修正者』。」

4

「我就是不爽他那麼沉著。」

話說到一半，古手川氣得臉都歪了。他在光崎面前再失態也不會露出這種表情，所以至少和那個老教授相比，他在自己面前算是比較放得開吧？

「那傢伙，都被刑警懷疑是兇手了，眉毛卻連動都不動一下。」

「這不就表示他是完全清白的嗎？」

「我很不想這麼說，但警察這個行業，就算再怎麼清白的人都會提防的。可是赤塚該怎麼說啊，感覺就是很習慣。簡直就像老早就料到會有刑警找上門。」

真琴漸漸明白古手川想說什麼了。

「你說的習慣，意思是這不是第一次？」

「我沒有確切的證據，但……他是慣犯。竊盜、強暴、縱火。雖然次數不是那麼多，但重犯同樣一種罪行的人會養成一種特別的適應能力。我不太會形容，就是有種已經走向犯罪那一方的人的獨特味道。」

法醫學教室裡只有真琴和古手川兩個人。動不動就要插嘴說句風涼話的凱西不在，簡直像把毒舌當自己的存在意義的光崎也不在。

可是，這個木頭人卻一個勁兒講案子的事。

「其實我是有東西想請真琴醫……想請法醫學教室的大家看看。」

古手川似乎完全沒有察覺真琴的煩躁，從自己的包包裡拿出了資料夾。

「若宮涼音的案子發生在三月二十八日。我去翻那陣子有沒有發生類似的案子，結果找到了這個。」

古手川遞出來的資料夾裡夾的是驗屍報告書。

「今年二月二日，和光市內一個名叫時枝夏帆的不動產公司OL，同樣被發現在公園裡上吊。」

看到報告裡記錄的九點鑑別點，真琴吃了一驚。因為內容簡直是複製了若宮涼音的報告。

「古手川先生，這是……」

「所以我才說是類似的案子啊。而且時枝夏帆是帶著侵佔公司回饋金的嫌疑死的。可是，一直到現在那三千萬都不知所蹤。據她的同事說，她有一個交往中的男友，但卻一個字都沒透露過他是哪來的什麼人。遺書是打在手機裡，轄區為了謹慎起見查了通話記錄，也沒有找到特定的男性。」

越聽雷同的地方越多。

不，這根本可以說是同一個案子了吧。

「可是，你為什麼只跟我一個人說？」

真琴懷著一絲期待問，但等到的答案卻讓她大失所望。

「我想把已當作遺物歸還的手機再借出來分析。所以事先和家屬聯絡，結果被死者的父親抗議說為什麼不早點調查。」

連這也和涼音那時候一樣啊。

「還說，當初轄區處理的時候，明明就一直說她不是那種會自殺的人，要求徹底調查，結果卻一下就被當作自殺處理，現在有什麼好說的。」

家屬的心情真琴很能理解。

「我解釋說現在不管是解剖醫師還是經費設備都不足，而且不是只有司法解剖是這樣，結果對方說既然如此，就叫實際從事解剖的人去跟他解釋。」

「所以……才來找我？」

「抱歉啊。」

沒錯，你是該抱歉。

最應該為你提出這件事的時機抱歉。

「我也有拒絕的權利吧？」

「當然有，可是希望妳不要。拒絕了對浦和醫大的名聲不好。」

「怎麼說？」

「我人面不夠廣，能夠拜託的法醫學人士就只有浦和醫大法醫學教室的幾位了。」

那就去拜託其他兩個啊——真琴本來要這麼說，但馬上就懂了。

「拜託凱西醫師，一定會和家屬發生衝突。拜託光崎醫師的話，還沒發生衝突就會被罵為什麼當初不通知他。不管找誰，都有損法醫學教室的形象。」

「……不知情的人聽了不知道會怎麼想。」

「知情的人聽了應該會認為合情合理吧。」

真琴嘆了一口氣。看樣子自己沒有拒絕的權利。

一到時枝夏帆家，果然不出所料，在門口便受到其父的斥責。

「那時候我們再怎麼拜託警察什麼都不肯做。現在怎麼又反過來說要拿夏帆的東西？話都是你們在說的。」

夏帆的父親時枝弘之讓古手川和真琴站在門口，抱怨個沒完。從他的態度便能窺知當初他受到轄區多麼冷漠的對待。

「所以我們才又再來拜訪。」

不太擅長向人低頭的古手川態度值得嘉許。

「不能否認初步調查時人手不夠。所以更希望現在補充調查能確實地進行。若令千金不是自殺的話，想必您也一定很想找出真相吧。」

儘管態度誠懇，但話說得不對，也無法說服對方。真琴在旁聽得擔心起來，臨時決定出面掩護。

「責任不能說都在警方。」

「妳說什麼？那妳倒是說來聽聽啊。」

「說來俗氣得緊，但死亡意外並不是全數都能解剖。國家預算欠缺到了令人絕望的地步。解剖費用要由各警察署負責，當然也必須顧及比例分配。解剖醫師也完全不夠。」

「是嗎。昨天的報紙才剛報導現在日本的醫生和律師都超額了，不是嗎？」

「那是因為這兩種人都集中在條件好的組織和地方而已。」

你可知解剖醫師所處的環境條件有多差嗎——幾近抗議的不平不滿湧上心頭，但真琴也知道就算訴諸時枝也沒有意義。

「那些全都是你們的藉口吧。根本不是不願花錢花時間為我們夏帆解剖的理由。警察的工作是除暴安良，而醫生的工作是查出病因死因。你們公務員永遠都是這副德性。自己怠慢工作，就立刻推到組織和預算上。只要你們做好自己份內的工作不就沒事了嗎？」

時枝的話又死纏上來。有些人一看到公務員就挑毛病，而時枝因為女兒的死沒有受到嚴謹的處理懷恨在心，更是變本加厲。

真琴倒是認為做好自己份內的工作不應有私人公家之分，而私人企業裡也有工作沒做好而推到組織、預算上的人。問題並不在於組織的屬性和預算的出處。

大概是覺得真琴受到責備，古手川介入時枝與真琴之間。

「有另一位小姐也死於類似的狀況。」

「是嗎？」

「假如這是連續命案之一，很可能會再發生同樣的案子。」

「就算抓到凶手，夏帆也不會活過來了。」

大概是實在嚥不下這口氣了，古手川的臉色頓時變了。

千萬別在這時候發脾氣。

就在真琴正要制止古手川的時候。

「夠了吧，爸。」

時枝身後站著一個看似國中生的男孩。

「繼男……」

「難看死了，一直這樣唸個沒完。」

「你給我閉嘴。」

「姊姊的手機，已經給我當作紀念，所以是我的了。我要借刑警先生還是怎樣都是我的自由。」

「繼男！」

「還有，要讓誰進我房間也是我的自由吧。好了，刑警先生們。站在那裡也沒辦法好好說話，到我房間來吧。不過沒茶喝就是了。」

繼男瞪了父親一眼，轉身就走。真琴雖然不愛管別人家的閒事，但看來父親和兒子之間的權力關係十分微妙。眼見古手川抓緊機會跟著繼男進了屋，真琴也跟上去。

上了樓的左首就是繼男的房間。

「另一邊是姊姊的房間，不要隨便進去。去那裡要經過爸爸媽媽的同意。」

冷冰冰的話語，不知是針對真琴他們，還是針對父母。

「若查出夏帆小姐不是自殺的話，這個房間我們也必須調查。」

「之前就查過一次了。說什麼沒有異狀，一下子就走了。」

繼男的房間是一般國中男生的房間。架上擺著許多公仔和週邊商品。讓人覺得十分專業的電腦和週邊設備也算最近國中男生的標準配備嗎？

真琴大致掃視了一圈，但房裡連一張繼男和姊姊的合照都沒有。不，真琴自己的照片也都存在手機裡，繼男這個世代的年輕人就更不用說了吧。

「『修正者』的留言威力這麼大嗎？」

繼男突然這麼說，

「聽說縣內每次出現屍體，他就在縣警的網站上現身，讓刑警忙得不可開交。」

「這你是聽誰說的？」

「網路上大家都在傳啊。現在之所以重查夏帆姊姊的案子，也是因為火燒屁股吧。」

「你很不滿是吧。」

「雖然我剛剛跟爸爸那樣說，但之前你們不肯好好調查，我一樣是懷恨在心的。在家裡我和姊姊最談得來，感情也很好。」
古手川漸漸在空氣中營造出不安的氣氛。
「你是為了個別抗議，才叫我們進來的嗎？」
繼男從書桌抽屜裡拿出一個裝了紅色保護殼的手機。
「我說的都是真的。只是希望你們記住，有人因為家人的死被隨便看待，心裡存著一口怨氣。」
繼男隨手把手機遞過來。也不知是在賭什麼氣，古手川也有點粗魯地一把搶過來。
真琴差點失笑。姑且不論外表，這兩個人精神年齡根本一樣嘛。
「夏帆小姐有男朋友嗎？」
「我不知道。」
「你們感情不是很好嗎？」
「感情再好也有很多事不會說啊。同樣是家人，兄弟和姊妹也不一樣吧。」
聽著他們兩人的對話，真琴有似曾相識之感，同時也想起了在若宮家與茜之間的對話。
相似的狀況和相似的家庭關係。然而，在察覺死者的男女關係方面，茜的能力就高出許多。
也許這和男生女生有關，也和精神年齡有關。
「等分析完了，會馬上歸還。」
「不用馬上還也沒關係。只要你們確實逮捕凶手就好。」
「又還不確定是他殺。」

「不可能是自殺的。」

「你怎麼知道？你知道的只是在家裡的夏帆小姐吧。大人在外面會有不同的面貌和立場。」

「因為她超強的。」

「啊？」

「她生命力強到，我根本不是她的對手。這樣的姊姊，哪會因為偷了公司的錢被發現就去自殺啊。要是姊姊真的盜領公司的錢，不是買東西買到爽再去自首，就是遠走高飛到國外去逍遙。」

雖然不知道他這番話是褒是貶，但顯然對警方的制式看法心存不滿。

「……我會當作她的個人特色記下來。」

「還有另一件事，也希望你記住。」

「還有？」

「要是你們肯認真調查夏帆姊姊的案子，也就不會發生下一起案子了吧？」

繼男的眼睛盯著他們兩人，動也不動。

若是連續殺人案，繼男的指責再正當不過，古手川所代表的警方毫無辯解的餘地。這和組織、預算一點關係也沒有。

古手川只是緊閉著嘴，一言不發。

＊＊＊

向繼男借來的手機，古手川立刻轉交縣警本部的鑑識課。然後一得知結果，便立刻再度前往赤塚的職場。

要衝鋒陷陣就得準備好最起碼的武器——平常渡瀨就常叮嚀，但對於「最起碼」的看法，上司與自己有雲泥之別。

那個有個性的上司認為要斷了敵人所有的退路，刀、箭、槍、暗器，連大砲都出動才算最起碼，但對古手川而言，最起碼就是一把匕首。與敵人相對的那一剎那，一刀讓對方致命就行了。

在證券公司的會客室等著，赤塚照例頂著一張毫無陰影的臉進來。

「哦，我記得你是古手川先生沒錯吧。若宮小姐的事還有什麼要查的地方嗎？」

「不，我今天是為了另一件事來的。赤塚先生，你認識時枝夏帆這位小姐吧？」

分析夏帆的手機，結果果然和涼音那時候一樣，近期的通話記綠都是赤塚。

古手川的直覺命中了。這兩名女子酷似的死亡背後，都有赤塚武司的影子。

「哦，時枝小姐嗎。認識啊。」

赤塚乾脆招認。這也在古手川預料之中。

「好像是二月初吧，聽她朋友說她自殺了。我跟她不是很熟，沒有去參加葬禮就是了。」

「一邊是證券公司的業務員，一邊是在不動產上班的OL。你們兩位的接點到底是什麼？」

「時枝小姐的同事是我大學的學妹。就只是這種程度的關係啊。」

「這種程度的關係，卻密切聯絡。」

「和若宮小姐那時候一樣啊。一交換名片，就說她想投資股票，要我告訴她哪一支股票一定會漲。要是知道我們何必這麼辛苦，再說那根本就是內線交易。她之所以會頻繁地和我聯絡，為的就是這種單方面的要求。」

赤塚一副萬分困擾的樣子搔搔頭，

「若宮小姐也好，時枝小姐也好，看樣子我好像只有這方面的魅力，真叫人洩氣。會接近我的女性全都這樣。」

「而且兩個都上吊了。」

「我聽說，時枝小姐也是動用了公司的錢，為這件事發愁。為錢所困的女性，就只有賣身或以死謝罪這兩個選擇了吧。」

讓世上女性聽了都會火冒三丈的話，他倒是說得面不改色。

「就巧合而言，共通點太多了。這次的被害者手機裡與你的通話記錄也被刪得乾乾淨淨。」

「所以，之前我就說過了，那是她們為了隱瞞曾經考慮如何填補自己盜領的公款的事實。沒有別的意思。」

「這是你的說法，但所謂時枝夏帆盜領的三千萬現在卻還不知道在哪裡。」

「這年頭的年輕女孩有了三千萬，不到一個月就會花光。不然，刑警先生不妨到男公關俱樂部去查訪查訪啊。」

古手川由衷感謝自己那稍微堅強了一點點的自制力。否則還沒聽完他的屁話恐怕就已經先動手了。

「這兩個案子唯一的交集就是你。」

「那是因為你們硬要扯上關係啊。上吊這種事，每天都有人在做。只要定一個要因，一定會跑出共同點或關聯性。這次也是巧合。坦白說，我實在是不堪其擾。」

「就辦案調查這一方而言，無法輕易歸咎於純粹的巧合。」

「話是沒錯啦。但是，拜託你行行好，不要因為提不出不在場證明就拿我當嫌犯好嗎？只有藺居族和住院患者才拿得出四個月之前的不在場證明吧。更何況，」

赤塚露出別有意味的笑容，

「最重要的屍體，現在連影子都沒有了啊。」

5

「所以說，只要一查絕對中。」

在縣警本部的辦公室裡，古手川加強語氣強調，但他面前的渡瀨卻嗤之以鼻。

「挪用公款最後上吊自殺。而且兩個女人都認識同一個人……你以為光憑這些理由就拿得到搜索票嗎？」

「『修正者』也針對這兩個人的死留言。只要查他家，或是用來搬運屍體的車，絕對會查出物證。」

「這三個月『修正者』有多少留言你知道嗎。縣警本部和各轄區，還有光崎醫師他們全都被拖下水，結果有多少成果？」

渡瀨以一副隨時都會開扁的樣子瞪著古手川。這就是為什麼大家在背地裡說渡瀨不像搜查一課而像組織犯罪對策部的，而且更可怕的是這種情形可是家常便飯。

「可是也不全都是空包彈啊。佐倉亞由美和比嘉美禮的案子不都破了嗎？」

「那你反過來算算有多少空包彈。以打擊率來算不到一成，如果是職棒，不被下放二軍就要偷笑，搞不好還會被解約。」

這麼一講，古手川也無話可說，但也不願撤回自己的主張。

赤塚武司絕對脫不了關係——古手川的直覺這樣告訴他。被發派到搜查一課這幾年，雖然還遠遠不及渡瀨，但至少他遍嘗虛偽與絕望的滋味，以此為代價換來了身為警官的嗅覺。

只要不是逮捕現行犯的現場，要進行搜索就必須要有搜索票。然而依規定，只有警部以上的職級才能向法院申請搜索票。換句話說，古手川身為一介巡查長，再怎麼吵鬧都是狗吠火車。

「平常我唸你唸得嘴巴都酸了，你卻一點都沒改。你心裡想的全都寫在臉上了。」

「呃！」

「只要我點頭，明明馬上就能領到搜索票的——你心裡是這麼想的吧？」

被說中了。

「我看起來像是憑直覺和氣勢就會掏出手銬逮人的人嗎？」

「……不像。」

才被派在渡瀨底下沒多久，古手川就知道渡瀨沒那麼單細胞。粗野暴力只是外表，內心老奸巨猾、深謀遠慮，根本是個怪物。

「你也太沒把法院看在眼裡了。申請搜索票要附證明其必要性的資料。要是無法說服法官，法官是不會在搜索票上蓋章的。」

這古手川也知道。可是，最關鍵的屍體已經化成灰了，又無法解剖，要怎麼說服法官？

「赤塚有動機嗎？」

渡瀨的語氣忽然變了，

「若宮涼音的四百萬，時枝夏帆的三千萬。兩者都有本人盜領的事實，卻都查不出錢的去向。要是赤塚有動機，金錢方面是最合理的。你有想過要去查赤塚有沒有大筆負債，或是收到大錢的跡象嗎？你該不會給我個藉口，說要等搜索票才要去查他的資產吧？」

「現在盡了全力就只能查到銀行。可是還是沒查到大筆的金錢進出。」

「他是玩股票的，經常動用大筆款項。他本人需要大筆資金的理由隨便找都有。照你的假設，都已經有兩個人被一氧化碳中毒給毒死了。他必須有適當的設備，所以只要進行徹底搜索，查出什麼物證也不足為奇。」

「所以啊……」

「但是，如果只是他本人缺錢是說服不了法官的。」

渡瀨的眼神更凶了，

「若宮涼音和時枝夏帆都是曾經被當作自殺處理的案子。要撤銷再以殺人立案，在文件上寫她們共同認識的人缺錢這種程度的事實，只會笑掉別人的大牙。必須在沒屍體沒解剖的狀況下，說服法官她們那種狀態不是自殺。」

從別人嘴裡說出來，更深切感受到自己要做的事有多麼困難。

「那簡直就像要從帽子裡變出鴿子來。」

「對，沒錯。但是既然你要我去申請搜索票，就給我想想要怎麼把魔術變出來。腦袋不是長好看的，偶爾也要拿來用。」

＊＊＊

「好想要屍體啊。」

古手川一出現在法醫學教室，便自言自語般喃喃地說。站在他正對面的真琴不禁皺起眉頭，而坐在椅子上的凱西彷彿找到知音般雙手合十。

「拜託，古手川先生，會說這種嚇人的話的人一個就夠多了。」

「一點也不嚇人，沒有屍體就抓不住那男的的小辮子啊。」

古手川把第二次訪查赤塚的內容告訴她們。本人大概自以為很冷靜，但一字一句都聽得出他的不甘。

「我知道，現在才說這種話，就像計算死去的孩子的年紀一樣。可是啊，現在問題是，要請法官發搜索票，證據太少了。難得真琴醫師都針對驗屍報告給了意見，可是他們也可以解釋成九個鑑別點中只有一點特異。」

聽著聽著，真琴覺得古手川說的沒錯。沒有解剖就挑驗屍報告的毛病，等於是只看目錄沒看書就寫讀書心得。

凱西仰天長嘆。

「Oh，遇到這樣的事情，就知道日本火葬這個習俗對法醫學者而言，有百害而無一利呀。如果是土葬，事後要挖幾次墳都有得挖。」
「墳不是拿來亂挖的。」
真琴加以糾正，但凱西只聳聳肩，一點也沒有反省的樣子。
「可是呀，真琴，拿破崙和貝多芬這些歷史人物的死因之所以今天還是話題，就是因為他們的遺體還在。從這個觀點來看，古手川刑警想要屍體的發言，就一個policeman而言是非常非常自然的欲求。」
「先不管自不自然，再這樣下去赤塚就要逍遙法外了。這絕對天理難容。」
雖然覺得他還是一樣有話直說、正義感強，但接下來的話倒大大出人意料之外。
「否則，一定會出現第三名犧牲者。」
「怎麼會……古手川先生已經去盯了他兩次了啊。」
「沒有明確的證據，以後是不可能一直監視他的。調查員的人數也有限。真琴醫師，妳要知道，他相信他兩次偽裝自殺都成功了。嚐過成功滋味的人，一定會再犯第三次、第四次。殺人會變成習慣的。」
「等第三個犧牲者一出現就馬上進行解剖的話……」
「凱西醫師！」
兩個人同時大叫。
但真琴大叫之後陷入沉思。凱西的話雖然太過直接，卻正中紅心。要指出若宮涼音和時枝夏帆是死於他殺的可能性，最有效的便是解剖，但要解剖無論如何都需要屍體。可是就算是魔術師，也沒無法將兩個人的屍體從過去召喚回來。

「可是真琴，」

凱西的語氣莫名掃興，

「既然實際上並沒有屍體，我們法醫學教室的人就不能參與。這是古手川刑警的工作。」

「話是沒錯……」

邊回答邊偷看，古手川大概也有自覺吧，一臉難為情的樣子。

拜託。

平常得意忘形的人，不要沒事露出這種表情好不好。很犯規欸你。

總之最迫切的問題是，要找出足以說服古手川的上司去申請搜索票的材料。

有沒有辦法呢？有沒有古手川、甚至是古手川都沒有注意到的線索呢？

但，無論真琴再怎麼絞盡腦汁，還是想不出什麼妙招。

到了第十天，事情才有了進展。

法醫學教室裡只有真琴一個人，桌上電話的內線燈閃爍著。電話是打到法醫學教室隔壁的大體捐贈團體的。一直沒有人接，真琴便按了內線鍵接起了那通電話。是草加警察署來電詢問。說是在浦和醫大登錄捐獻的人死了。真琴心不在焉地聽著對方的聲音，準備說明負責團體現在沒人在，但一聽到大體的狀況便大聲說：

「死因確定是那樣沒錯？」

然後她冒出一個異想天開的想法。

這想法連自己都傻眼，一開始想置之一笑，但越想越覺得除此之外沒有別的辦法。

掛了電話再行斟酌，一在心中演練計畫，就可以想見這麼做，有太多會讓光崎和校長他們暴跳如雷的問題。

即使如此，真琴還是無法拋下剛才想到的這個主意，還是下定決心，把古手川叫出來。

「情況緊急，請你現在立刻開運屍車到法醫學教室來。」

「情況緊急是怎麼回事？我現在正在忙別的……」

「如果我說也許可以拿到偽裝自殺案的搜索票呢？」

「我十五分鐘就到，等我。」

「啊，在那之前，還有東西想請你準備。」

古手川依約於十五分鐘整之後到達。

「我照妳說的開運屍車來了。縣警又沒有提出申請，到底是怎麼回事？難不成要開運屍車去兜風嗎？」

「這樣兜風也挺酷的。我們要到草加市。我在路上再跟你解釋，總之快走吧。」

古手川迫於真琴的氣勢，坐上了駕駛座。

「那，目的地？」

「草加警察署。」

運屍車一上高速公路，古手川一副「現在總可以說了吧」的樣子開口：

「平常我們都靠法醫學教室幫忙，我相信至少真琴醫師是處事比我更慎重的人，所以我也沒有細問。現在這到底是怎麼一回事？」

「我們現在要去草加署領取一具遺體。負責的檢視官從現場的狀況和死者的遺書，判斷是沒有他殺嫌疑的自殺。自殺的是一名五十多歲的女性，死因是一氧化碳中毒。在自家車上引廢氣自殺。」

「喂，這是……」

「這名死者生前就表明要捐贈大體。可是，就算檢視官判斷沒有他殺嫌疑，非自然死亡的屍體是無法捐贈的。」

「難道……妳打算用她來代替若宮涼音和時枝夏帆？」

「對。要把一氧化碳中毒死亡的屍體佈置成上吊自殺的狀態。如果症狀與那兩人的驗屍報告相似，不就可以用來請渡瀨先生申請搜索票嗎？」

既然實物不存在，就採用近似的東西作為資料——就想法而言雖然沒錯，但對象是屍體則又另當別論。別的不說，這樣的例子根本前所未聞。

「自殺的死者無親無故。她應該是考慮到後事和喪葬費用，才會向大體單位登錄的吧。」

「……妳也太亂來了，真琴醫師。我被妳嚇得下巴都掉下來了。」

「還不都是因為待在光崎教授底下的關係。」

「我想這不是唯一的理由吧。」

「解剖和埋葬所需的費用當然必須由我們這邊負擔，可是這次的狀況，解剖費用能從搜查費裡撥出來嗎？」

古手川的嘴角往下撇。

「我們連運屍車都出了。事到如今，還有拒絕的餘地嗎？真是的，這個軍師也太亂來了。」

「凡是想得到的問題，我是希望少一個算一個。」

「也是啦。就算草加署那邊沒問題，但我們署卻是得從本來就已經見底的解剖費用裡再生出一筆來。只會看預算和上級臉色的課長就算了，可是組長那邊要怎麼解釋啊！」

「你會怕嗎？」

「只有死人才不怕他吧。」

「請一定要說服他。因為古手川先生已經是共犯了。」

唉——古手川輕輕嘆了一口氣。

「既然妳說是受到光崎醫師的薰陶，我也不得不接受，部下又不能選上司啊。」

「這一點是彼此互相吧。」

一到草加署，由於事先已經說好，交割遺體的手續順利辦妥。

自殺的女子獨居，無依無靠。本來在郊外的家電量販店上班，卻被和她搞外遇的上司宣告分手，於是形同報復般選擇了死亡這條路。自發現屍體已過二十四小時，是死後僵直最嚴重的時候，再拖下去，時間過得越久，就越偏離涼音和夏帆所處的條件。

在必要文件上簽名之後，真琴向負責刑警再三確認：

「這樣，這具屍體就是由浦和醫大管理了？」

「嗯，是啊。」

「不好意思，我想確認屍體，可以麻煩您迴避一下嗎？」

負責刑警一退出，停屍間裡就只剩真琴和古手川。

真的很對不起。我們要用您的身體來協助辦案。這樣亂來是為了不讓更多人犧牲，還請您見諒——

真琴向屍體合掌一拜之後，取出了自己帶來的繩子。

「麻煩你了，古手川先生。」

「這下真的成了共犯了。」

古手川邊發牢騷邊爬上空擔架，把滑輪裝在天花板上。滑輪和裝設滑輪的工具都是真琴叫他事先準備好的。

「這樣就行了。」

古手川試過裝好的滑輪的強度，便從真琴手中接過繩子，在前端做出一個套環。這是項令人提不起勁的工作，但不做就失去領取這具屍體的意義。

將屍體連同擔架一起推過來之後，把繩子套在屍體的脖子上。

「接下來我一個人動手就好，真琴醫師看是要出去，還是轉過身不要看。」

這一連串的作業是為了證明偽裝工作能否由一名男子獨力完成，也帶有他要一肩承擔的意味。

「不行。」

真琴當即拒絕，

「出主意的人是我，全程我都要親眼看著，我不想逃避責任。」

古手川輕輕點頭，示意他明白了。

將繩子的另一端穿過滑輪，慢慢拉動。屍體漸漸被繩子吊著抬起上半身，當繩子全數拉下，整個人便從天花板垂掛下來。低垂的脖子承受了全身的重量，發出受壓的聲音。古手川露出不舒服到極點的表情。

「真琴醫師。」

「是。」

「做了之後我才知道，幹得出這種事的人，體內流的一定不是人血。」

讓屍體處於上吊狀態約二小時後，響起了敲門聲。

「差不多該撤了。」

古手川和真琴慢慢放下屍體，迅速收拾了滑輪和繩子。儘管是為了辦案，但看在旁人眼中是如假包換的犯罪行為，心中還是會有沉重的罪惡感。

然而，這麼做，便幾乎複製了赤塚進行過的偽裝作業。躺在那裡的，是一具遇害手法與涼音和夏帆如出一轍的屍體。

兩人將屍體搬上運屍車，離開了草加署。從後照鏡再也看不到警署的那一刻，腋下冷汗同時狂噴。

「剛才古手川先生的話，我百分之兩百贊成。」

「嗯？」

「能夠做出這種事而不以為意的人，絕對不正常。」

一回到浦和醫大，閻羅王已經在法醫學教室裡等他們了。

「你們知道自己做了些什麼嗎？」

光崎的聲音比平常低了好幾度。少了抑揚頓挫，更令人感覺到他的震怒。從他的語氣聽來，顯然已經看穿真琴的餿主意了。

將一氧化碳中毒而死的屍體吊起來。首先光是這樣的行為就可能會被控以毀損屍體罪。死去的女性沒有親人是不幸中的大幸，即使如此仍觸犯法律。

「主意是我出的。一切責任全都在我……」

「不，光崎醫師。在了解一切之後將屍體從草加署運過來的是我。所以是交割屍體的我應該負責。」

「少在那裡爭你們負不起的責任。個個都是笨蛋。」

光崎一句話堵死兩人的辯解，走近擔架，俯視屍袋。

「真琴醫師，死後幾小時了？」

「約二十六小時。」

「哼。還在死後僵直最嚴重的時候嗎。快送進解剖室。」

「教授，那麼……」

「妳的獨斷獨行事後再慢慢拷問。現在要趁屍體還沒有泡湯之前把該做的事做好。再拖磨下去，那個迷糊蛋的上司就要來礙事了。」

古手川和真琴兩人一使眼色，便立刻將載有屍體的擔架送進解剖室。背後聲音再度響起：

「由真琴醫師執刀。」

真琴錯愕回頭。

「你們都莽撞到這個地步了，就靠你們自己來把事情看清楚。」

6

解剖室裡不但有古手川和凱西，連光崎都現身了。真琴不禁問：

「為什麼連教授都來了？」

「我不會動手也不會開口，就當我不在。」

最近真琴雖然也會帶著研究生執刀，但在光崎面前動刀還是頭一遭。叫真琴不要在意根本是強人所難。

「怎麼了？不要佇在那裡，先敘述所見。」

「啊，是。」

一催之下，手指開始發抖。真琴用力握緊雙手，止住顫抖。

「遺、遺體是五十多歲的女性。頸部有索痕，索痕部分可見表皮剝落。索痕的方向由前頸部朝後向上方延伸，消失於後頸部，顯示為典型的縊頸。有糞尿失禁的跡象。屍斑呈鮮紅色，集中於下腹部。無皮下出血的跡象，懸吊處可見因繩索形成的凹陷。雖然沒有臉部瘀血與結膜點狀出血，但反過來可以說，這樣才與縊死的所見吻合……」

「動刀之前不用多說。還沒動刀就發表先入為主的觀點算什麼？」

「對、對不起。」

「有空道歉，還不快動刀。」

「……手術刀。」

從自告奮勇當助手的凱西手中接過手術刀，從喉嚨下刀。感覺很硬，多半是因為死後二十六小時正值死後僵直最嚴重的時候吧。觸感與印象都和土黃色的大體老師不同。

腦海中突然唐突地浮現賞味期限這四個字。以賞味論屍體非常無禮，但屍體畢竟也是活著的。隨著時間過去，內部會溶解，組織會變質。過得越久，死因越會隨著腐敗消失。像這樣實際握著手術刀，就能深切體會光崎片刻都不肯浪費的理由。

下刀後，出現了頸動脈。還未變色，保持著生前的狀態。

真琴偷瞄了光崎一眼，這位老教授雙臂環胸，仍瞪著解剖台上的屍體。

「接著開胸。」

手術刀劃出了略嫌不平整的Y字。手術刀經過後血珠立刻浮現，是因為刀走得太慢。在光崎的手術當中，切開到出血通常會有一小段間隔。

傻瓜，有什麼好比的。

邊斥喝自己邊動手。打開皮膚之後出現的內臟和組織都還維持著生物的色彩。

「內臟和血液與屍斑同樣呈鮮紅色。與縊頸造成的窒息死亡明顯不同。各內臟散見瘀血，還有肺水腫的狀況，因此要採血檢驗。」

真琴親手從血管中抽了血，交給凱西作為檢查血液。檢驗方式有好幾種，但若懷疑是一氧化碳中毒，以吸光度測定法最為簡便，凱西也進行了這個檢驗。

將檢查血液以碳酸鈉溶液稀釋，加上低亞硫酸鈉溶解，測量吸光度。然後以波長538nm與555nm計算出吸光度，由檢量線求出血中一氧化碳血紅素濃度。

過了一會兒，凱西乾澀的聲音在解剖室中響起。

「血紅素濃度百分之七十八。」

一般而言，當血紅素濃度超過百分之六十，人就會陷入昏睡狀態，超過百分之七十呼吸便會停止。

「屍體表面的症狀雖可視為縊頸，但經解剖與血液檢查，證明死因為一氧化碳中毒。沒有臉部瘀血也沒有結膜點狀出血，是因為在死後二十四小時之後才勒頸。因此……」

「所以，妳要說之前發生的兩起自殺案未必見得就是縊頸嗎？」

光崎的話穿透真琴全身。姑且不論沒有說明真正的用意就從草加署領回屍體的事實，若宮涼音和時枝夏帆的事是誰洩露的？驚慌之下朝古手川看，他也吃驚地搖頭。難不成是凱西？視線一移過去，紅髮碧眼的副教授就明顯地別過視線。

「就算要當作比較的對象，你們想翻案的是二十多歲的女性。但這具屍體卻是五十多歲，而且死後已經二十六個小時。為什麼不找條件更近似的遺體？既然要亂來，就要連細節都要徹底講究。不要亂用寶貴的遺體。」

「可是，實在沒有條件吻合的遺體……」

「那就等啊。既然不是分秒必爭的案子，就不要輕舉妄動。這就叫作只求快不求好。」

被指責之處無不在理，真琴無話可說。像個挨老師罵的學生般乖乖聽訓。果然還沒罵完。

「要確認的都確認了，就趕快縫合。」

儘管下了不小的決心，自己的行為依舊是徒勞一場嗎——敗北之感讓手臂越來越沉重。

「喂，小子。」

「什麼事？」

「你本來是打算拿這次的解剖報告書當參考資料附上去嗎？」

「啊，是啊。雖然這樣能說服我們組長多少還是個未知數就是了。」

「真琴醫師，報告寫好之後先交給我。」

「咦！」

「我要加補充意見。這小子的上司怪僻到了家，是個把年輕人的意見當放屁的權威主義者。只掛真琴醫師的名字他看都不會看一眼的。」

「請問，毀損遺體的事……」

「哼！一份報告就能讓兩個案子翻案，那個權威主義者搞不好就會放個水。不然我手上多的是搜查一課的弱點。」

聽到這句話，真琴的心情頓時輕鬆不少。雖然不願承認，但這個老教授的一字一句的確左右著自己的歡喜和憂愁。
真琴心想，總有一天，一定要解開這個詛咒。只不過，至少那不會是現在。

＊＊＊

赤塚的住家搜索由渡瀨陪同進行。古手川雖然早已習慣與上司搭檔，但只有今天怎麼也沉不住氣。
原因在於法院剛發下來的搜索票。那是渡瀨親自前往法院爭取來的，但他的臉還是一樣臭。
「附上與案件沒有任何關係的解剖事例作為參考資料，是前所未有的事。那當然了。沒有幾個人會想得出那麼異想天開的主意。」
即使如此，還是憑蠻力說服了重視先例的法官，驚人的交涉能力令人佩服。只不過那位法官和渡瀨據說是老朋友了。
「是誰提出來的？是你，還是那個姓栂野的年輕醫生？」
古手川不希望責任被栽在真琴頭上，所以默不作聲。他很清楚反正說了謊也鐵定會被拆穿。
「刑警和法醫學者走得近是無妨，但要選對人。」
這話讓古手川無法不追問。
「怎麼說？」
「所謂的搭檔呢，一個負責踩油門，另一個就得負責踩煞車。你想想看，要是兩個人都猛踩油門會怎麼樣？大暴走啊。正好就像你們兩個現在這樣。」

「組長只見過真琴醫師一次吧。」

「只要看一眼就夠了。她是那種明明沒自信，但一認定就暴衝的人。跟你一樣。」

古手川心知肚明，所以對此也無話可說。

「光崎醫師也兜圈子發出警告。」

渡瀨苦著臉說，

「說什麼，不要來拐我們家的年輕人。害我覺得自己好像不良學生的監護人。感覺有夠差。」

赤塚的住處是一棟時髦高級公寓裡的一個單位。地下室用來作為住戶的停車場，已確認赤塚的車也停在裡面。調查員跟在渡瀨與古手川身後。

時間是晚間十一點三十分。他們知道這個時間赤塚在家。

「赤塚武司，我們要來調查你的住處和其他物品。這是搜索扣押票。」

赤塚緊盯著渡瀨拿到他面前的搜索票直看，簡直要把紙給看穿。

「好久沒遇到看搜索票看得這麼用力的人了。」

「不會吧……明明沒有證據，怎麼會發這種東西？」

「你說的沒錯。這可不像違反交通規則的紅單，要拿到可不簡單。所以既然發下來了，自然會期待有相當的成果。」

渡瀨邀赤塚在客廳的沙發上坐下，自己坐在對面。

「不好意思，一下來了這麼一大群人。也沒什麼啦，我想你每天上班的職場一定更忙碌吧。你就忍耐一下。」

眼看著調查員翻箱倒櫃，赤塚顯得神色不安。反應和他以前在職場上的模樣完全相反。所以，之前是認定警方絕對不會調查到自己頭上來，才那麼從容的嗎。那兩個人的屍體都已經化成了灰，即使會受到懷疑，他也萬萬想不到會發下搜索票吧。

但赤塚還是沒有放棄抵抗。

「警方竟敢強制搜查，萬一什麼都沒搜到，埼玉縣警要怎麼負責？」

「負責啊。」

渡瀨說完，將胸膛一挺。這傲慢至極的態度，也是故意讓赤塚焦躁的演技。

「房間是翻得挺亂的，不過都沒有損傷到家具和物品。扣押的東西一調查完就會奉還。所以物質上的損失為零。」

「難道不是冤罪嗎？」

「如果是以嫌犯的身分送檢被冠上了什麼罪名的話，那的確是，不過目前還在調查階段。要是你真的是清白的，有什麼好怕的呢。」

「光是被套上嫌疑就有損我的信用。」

「只是調查而已，又不會開記者會。這公寓附近也沒看到媒體之類的人。調查完要是證明了你的清白，當然也不會再來煩你。如果這樣你還是覺得精神上的折磨難以忍受，看你是要請求損害賠償，還是精神賠償都隨便你。」

渡瀨以他半開半閉的眼睛看著赤塚。那雙彷彿懷疑深重、俯視髒東西般半開半閉的眼睛，是透過精心計算，為的是要造成對方莫大的不安。

「然而，我們這邊大陣仗上門，也是有我們的理由的。如果你能打消我的疑問，我也可以馬上把調查員撤走。」

赤塚的眼中燃起了一道微微的希望之光。然而，這不過是渡瀨的另一招談判技巧罷了。

「你是不是缺過錢？以百萬、千萬為單位的。」

「我是務實派的，不會打腫臉充胖子，奢侈得超出自己的能力。」

「即使沒有打腫臉充胖子，有時候也會失手。爬得高，跌得重啊。」

「你到底想說什麼？」

「你以為，」渡瀨說著，揮揮手中的那張搜索票，「我們會光靠這薄薄的一張紙，在這裡乾瞪眼？沒有搜索票能做的搜查多的是。其中之一就是你的工作狀況。赤塚先生，聽說你負責客戶的資產運用吧？」

「是啊。」

「也聽說你是個非常優秀的交易員。」

「我的評價是還不錯。」

「可是，也會有栽跟頭的時候。一月吧，你大舉買進，結果卻出乎意料大跌。而且竟然是未經客戶同意擅自做的買賣不是嗎？」

他們無法取得買賣資料，只不過是從赤塚的同事那裡聽來的傳聞。但是，這樣就足以得到讓赤塚嚇得肩頭一縮的效果了。

「沒有顧客資金大減的事實。」

「那當然了。就算有損失，只要立刻填補就不會被發現。只是呢，既然緊接著時枝夏帆就捲款三千萬現金，最後還上吊，那就不能怪我們懷疑了。更別說那三千萬至今仍不知去向。而且，同樣的事也發生在若宮涼音身上。」

「這些，全都是傳聞罷了。」

「因為沒有證據啊。反過來說的話，只要有證據，馬上就變得像真的一樣。我告訴你，搜索票的適用範圍可不止你家。當然也包括了你公司的資料。這樣，你還要堅稱你沒有缺過錢嗎？」

赤塚臉上再度出現恐慌之色。而在他開口不知是要辯解，還是反駁的那一剎那，一名調查員跑過來向渡瀨耳語了幾句。

「赤塚先生，有得你開心了。這對你來說可是好消息。用不著請求損害賠償和精神賠償了。」

「咦！」

「你停在地下停車場的車我們也查過了。你大概是因為怕委託業者會留下什麼證據，連內部清潔都自己來，不過我對ＤＩＹ倒是持懷疑的態度。剛才，在你車上中控台的地方採到了汽車廢氣的粒子。」

赤塚的下巴頓時掉下來。

「你好像用酒精還是什麼仔仔細細擦過了，不過東西是殘留在擦不到的地方。讓不省人事的人坐上副駕駛座，直接前往你事先想好的地點。從外面引進汽車廢氣，看看時候差不多了就把人吊在樹上。手法是很單純，你以為，只要不留下證據事情就不會敗露嗎？」

「可、可是，汽車廢氣有時候會迴流啊。像是尾管被雪塞住的時候。」

「你這一年曾經開車到尾管會被雪塞住的豪雪地帶嗎？好吧，就算這件事你能解釋好了，另一個殘留物質諒你就沒辦法了。我們從副駕駛座的座椅內部採到了像是體液的東西。如果這是那兩位死者中的哪一位失禁所留下來的，這次就真的要換你上絞架了。」

第二天傍晚過後，古手川帶著真琴再度造訪時枝家。大概是前一天新聞報導了赤塚被捕的消息，兩人很快便獲准進屋。

一打開房間的門，就看到繼男坐在床上。看樣子他早就料到兩人會再訪，並沒有驚訝的神色。

「我看到新聞了。你們終於抓到人了。」

他的表情柔和，彷彿放下了重擔。

「我來歸還妳姊姊的手機。還有……」

「我知道，是來逮捕我的吧。」

「……你怎麼會這麼想？」

「從我房間看得到車子。如果只是來還手機的話，不需要用到兩輛巡邏車。你帶這位姐姐來，也是想照顧我爸的心情吧。」

這孩子聰明得連這些都想到了。不，在他採取行動為姊姊報仇的那一刻，就不能把他當孩子看待了。

「你承認你就是『修正者』了？」

「你們上次來的時候，一直看放在那裡的電腦那些不是嗎？我就想：啊啊，被懷疑了。」

「我們請警察廳的虛擬犯罪對策課幫忙，針對三個月以前『修正者』最早的留言，堅持不懈地追查IP位址。最後找到的就是你的位址。」

「哦。我經過的伺服器數量還不少，還以為這樣就安全了呢。」

雖然他乖乖地低著頭，但並不打算就此結束。

「但如果你是『修正者』，有一點還是無法解釋。夏帆小姐的遺體狀況如何你當然知道，但第二位被害者若宮涼音小姐的詳細資料你這個外人怎麼會知道？唯一的可能性，就是涼音小姐身邊的人提供了資料。」

於是，繼男的臉色立刻變了。

「其實，我們來這裡之前，去見過她妹妹若宮茜了。她的手機裡留下了和你的LINE通話記錄。」

「……她怎麼說？」

「目前什麼都沒說。大概是為了跟你講義氣吧。可是，有這麼多的證據，說不說都一樣。你認為夏帆小姐的死疑點重重，對警方不肯行動大為煩躁。這時候茜找上了你。是不是這樣？」
繼男的眼中又恢復了反抗的神色，但其中卻帶著苦澀。
「我在推特上罵警察無能，得到不少回應。其中，也有個女生和我有相同的處境……」
「那就是你和茜的接點嗎？」
「對。」
其餘的就不需要說明了。他們兩人都知道自己的姊姊的死和同一個男人有關。
「既然如此，又何必把事情搞得那麼複雜？」
「兩個國高中生去投訴赤塚可疑，會被當真才怪。我和茜都不相信只肯草草做一次形式上的調查的警察。赤塚既然能騙過那麼剛正不阿的姊姊，一樣能騙過警方。可是，如果有身分不明的人一直留言，說這兩個人的死有問題，為什麼不深入調查，也許警方就會考慮重啟調查了。」
所以才創造出「修正者」這個怪人嗎？
將縣警本部玩弄於股掌之間的犯人竟然是個國中生——古手川想像著明天的報紙頭條，不禁洩了氣。與他對望的真琴也是一臉困惑，肯定是有同樣的想法。
然而結局再怎麼出人意表，「修正者」的案子也總算落幕了。
「必須請你跟我們到警局。」
「那個……雖然都到這個地步了，請問罪會很重嗎？」
「這就難說了，大概是威力業務妨害或偽計業務妨害吧。畢竟『修正者』害得縣警本部和浦和醫大法醫學教室的機能一度癱瘓。雖然是國中生，恐怕也不能全身而退吧。走吧。」

在古手川的催促之下，繼男懶洋洋地站起來。

「才幾則留言，就要被逮捕喔。」

繼男丟下的這句話，不知為何縈繞在耳際。

chapter

6

曝

1

古手川正走在警察本部的走廊上，對面一個熟面孔漸漸靠近。

「啊，是古手川。」

認出他的姬川雪繪雙眼發光，跑過來。

「好久不見了。你好不好？」

在問候的同時肩膀也被拍了一下，但力道太強，害古手川站不穩。啪！的一聲好響亮，感覺好像響遍了整個走廊。

「……姬川啊，我都勸過妳多少次，就算是對男的，打招呼的時候也要淑女一點啊。」

「啊哈哈哈哈，抱歉抱歉。可是古手川，你一直都在渡瀨組長底下，不是嗎？我想說比較粗魯一點才符合你平常的節奏嘛。」

「妳以為我一天二十四小時受到那樣的對待會開心嗎？」

「哎喲喲，雖然辛苦，可是不無聊吧！你不是說，自從被分發到搜一，沒有一天是沮喪的。」

「不是沒有一天是沮喪的，是根本沒有時間沮喪。」

「那還真有點叫人羨慕耶。不然跟我換好了？」

「妳叫我去拿粉筆？」

「聽民眾掰違規停車的歪理是很無聊，不過追超速車還蠻刺激的哦。」

「追殺人犯更刺激哦。」

「也是啦。」

雪繪哈哈大笑。但她的笑法卻讓古手川感到不太對勁。

雪繪和古手川是同一梯次進縣警本部赴任的同期，兩人莫名投契。搜查一課與交通課，所屬單位雖然不同，對上司的不平不滿卻差不多，所以過去常在酒席上互吐苦水吐到忘了男女之別。

本來雪繪就很男孩子氣，跟她說話完全不覺得是異性。她臂力也很強，在縣警本部主辦的柔道大賽遇上時，還被她以有效判定獲勝。正因為彼此部門不同，一見面就會隨口互相報告近狀。

「可是，搜一最近比較平靜了吧。那個叫『修正者』還是什麼的愉快犯，不是抓到了嗎？」

「哦，算是吧。」

「算是？怎麼說？」

「因為本人還沒有全招。」

「哦，這樣啊。犯人是國中生嘛。被抓嚇壞了，以至於供詞前後對不上嗎？」

「不是。不僅沒嚇壞，還冷靜得很。大概是知道以他自己的年紀，不會被判什麼大罪。而且對答如流。」

「那還有什麼問題？」

「供述內容和部分事實不合。」
「會不會是想儘量減輕自己的罪行？」
「他看起來不像是那種小孩。」
古手川邊說邊想起時枝繼男的臉。雖然是個以忤逆大人為己任的孩子，但不時能窺見對亡姊的敬愛。即使會虛張聲勢，卻不會隱瞞心情。就古手川所見，不像是打定主意要賣關子慢慢吐實。
古手川夾帶著自己的想法這樣說完，雪繪便貌似理解般點頭：
「既然你這麼想，很可能真的是。你對女人的心思一竅不通，對國中小鬼的心理倒是看得很準。一定是因為精神年齡很接近吧。」
「妳喔。」
「你那個法醫學教室的女朋友，你到現在都還沒有跟人家約會過吧？」
古手川差點嗆到。
「妳是聽誰說的！」
「啊——，果然只有本人被蒙在鼓裡啊。我跟你說，屍臭衝天的法醫學教室裡來了一個年輕可愛的女生，當然會引人注目。然後，那女生出現的時候，絕大多數都和搜查一課那個一條腸子通到底的傢伙在一起，當然免不了會有這種傳聞啦。」
「那是工作，沒辦法。」
「要搬出這種老套的藉口，先把撲克臉練起來再說。真的，你這個人就是太不懂得暗算和心機了。好歹向你們渡瀨組長看齊啊。不然以後會很難混哦。」
「我倒是覺得看齊了之後，世界會變得更小。」
「你到現在還在跟你上司爾虞我詐？真好，職場環境隨時緊張刺激。」
「那妳自己呢？」
「咦！」
「有時間說別人，自己還不趕快找個對象。警察的工時長，不趕快趁現在找，聽說過了三十就會銷不出去哦。」
「你這種話是性騷擾。」
「女的講男的就可以，男的講女的就不可以喔？」
「所謂的性騷擾就是這樣。你可要好——好記住。」
雪繪在鬥嘴中佔盡上風，但緊接著卻按住了嘴彎下腰。
「怎麼了？」
「……最近身體不太舒服……有點拉肚子。」
原來不太對勁的原因出在這裡啊。
聲音少了平常的氣勢，鬥嘴也不夠精采。臉色也很差。
「更年期障礙嗎？」
「我告訴你，就算是二十多歲的女生，你這樣也是性騷擾。小心點。會笑著不跟你一般見識的，就只有我了。」

「好好好。妳也一樣，小心點，別一句無心的話就讓男生的純情體無完膚。」

雪繪離去的背影，還是透出疲態。也許交通課的工作繁重超乎古手川的想像。

下次再找她出來喝吧——邊想邊走向偵訊室，卻在電梯附近又遇到另一張熟面孔。

「哦，古手川。辛苦了。」

鷲見一臉嚴肅地看古手川。這位檢視官平常就是這張臉，所以很難從他的表情中看出情緒。

「搜一還是一樣忙啊。」

「您剛去過我們辦公室嗎？」

「因為有部分驗屍報告需要說明。啊，說到這，『修正者』不是抓到了嗎？」

「檢視官也有興趣嗎？」

「當然。就為了他一個人，埼玉縣警被耍得團團轉啊。一般的意外也要送解剖、不得不查，比平常多被折騰了好幾倍不是嗎。」

「後遺症到現在還在發威呢。」

這不僅是古手川個人的感想，全搜查一課都這麼認為。儘管縣警本部的資源多少比一般轄區來得充裕，但人員和預算畢竟有限。本來能夠以單純的意外和自殺處理的案子，就因為「修正者」留了言，調查員疲於奔命，浦和醫大法醫學教室等承辦司法解剖的各大學也不得不全體動員。距離年度結束還有不少日子，解剖預算就已見底，解剖團隊也難掩倦色。

「不過犯人竟然是國中生，倒是叫人意外。留言的出處掩飾得那麼巧妙，我還以為一定是成年的愉快犯搞的鬼。」

「不能小看這年頭的國中生啊。畢竟他們是數位原民，等於是銜著USB出生的啊。」

「透過國外伺服器對他們來說算小事一樁，是嗎。那現在由類比世代坐鎮指揮的搜查一課也很辛苦啊。」

鷲見嘴裡說對這次的犯人很感興趣，但語氣聽起來卻像事不關己。

仔細想想也難怪，搜查一課的刑警和法醫學教室的人是被「修正者」拖累，但鷲見等檢視官不管有沒有被牽連，他們的工作本來就是相驗所有非自然死亡的屍體，所以工作量並沒有變化。在「修正者」作亂的這三個月仍維持以往的正常運作，也因此並沒有像古手川和真琴她們那樣累得筋疲力盡。

「話說回來，竟然是個國中生啊。和我大兒子差不多，實在無法置身事外。」

這才是你無法置身事外的點嗎？話說回來，平常倒是難得有機會把同事或上司當作某個家的家庭成員來看。

「難不成，檢視官的大兒子也有可能做出像『修正者』這樣的事嗎？」

「孩子的管教我全都靠老婆在管。問我是不是了解兒子的一切，我恐怕答不上來。這個國中犯人在思想背景等方面，有犯罪的確鑿動機嗎？」

「現在還在調查，不過並沒有奇特的思想或是中二病之類的氣氛。是很常見的那種人小鬼大的屁孩。」

「現代的病理就是，這種少年將來會成為擾亂縣警本部的智慧犯。你不覺得嗎？」

鷲見說得煞有介事，但這對古手川來說才真的是事不關己。他才沒有那個閒功夫去管什麼現代病理。現在最重要的是趕快弄出「修正者」的口供。

「我現在正要去偵訊您所謂的現代病理。」

「哦，原來如此。抱歉，耽誤你的時間。」

從他立刻道歉這點看來，儘管欠缺當事人意識，但仍是個職業意識嚴謹的人。古手川行了一禮，直接走向偵訊室。

「修正者」時枝繼男的態度，從被逮捕時起都不見變化。不卑不亢，以這個年紀的男孩才有的賭氣般的眼神瞪著古手川。

「好了，我們開始吧。」

古手川以這句話代替招呼，繼男便立刻反駁：

「你再問多少次，我的回答都不會變。」

「這我倒是很懷疑。常常會有一下子想不出來的事情，過了一段時間才想起來。同一個問題我們會問很多次就是這個緣故。」

「不覺得很沒效率嗎？」

「人類本來就很沒效率啊。」

「麻煩死了。」

「想替姊姊報仇的你也是其中之一。要有自覺。」

「我就是有自覺，所以該說的都說了啊。」

「但你沒全說。你提到的就只有你姊姊時枝夏帆和若宮涼音的案子，後來的一百五十三筆留言你都一直說你一無所知。」

「我就真的不知道啊。我的電腦你們不是找一堆人查了嗎？」

繼男說的古手川只能承認。拘留他之後，鑑識立刻徹底分析了扣押的電腦，結果卻沒有任何進展。只查出兩筆繼男透過國外伺服器上縣警網站的記錄。

只不過鑑識課中有個人這麼說：

「既然有這麼強的知識和能力，該不會連上過縣警網站的記錄都刪掉了吧？」

在技術上並非不可能，所以搜查一課也如此懷疑，但奉命負責偵訊的古手川心中卻有疑問。

那便是關於屍體的詳細資料。

「你姊姊的遺體是什麼狀況，你身為家屬當然知道。若宮涼音的屍體這方面，從她妹妹若宮茜那裡問出詳情也可以解決。但是關於其他案件，你是怎麼取得資料的？」

「修正者」的留言有一個共同點。那就是發現屍體的時間，以及屍體的損壞狀態。若是謀殺，都是只有凶手才可能會知道的資料。所以搜查本部的人才會每次看到「修正者」的留言就不得不重新調查。

「我都說了，我不知道啊。我只是想為姊姊報仇，把警方的注意力引到赤塚那邊而已。請小茜幫忙，也是因為我知道她姊姊也被同一個男人騙了的關係。我又何必去管別的自殺和意外？」

「因為愉快犯就是以引起不必要的紛爭為樂。搜查本部裡也有不少人持這類意見。」

「笨死了。做那種事自己半點好處都沒有，而且做的事跟善惡不分的三歲小孩沒有兩樣。」

「對，你說的一點也沒錯。就是有比你大上一輪、兩輪的反社會人士做這種沒有半點好處的三歲小孩的惡作劇做得很高興。這就是現實。」

有一瞬間，繼男吃驚地瞪大了眼睛，但立刻又回到原來不滿的神情。

「你們把我跟那種人混為一談？為了洗刷姊姊的冤屈的一片苦心，竟然被當作跟那種中二病一直沒好的人同等級？真是夠了！」

被一個國中生罵中二病，到底會是什麼心情？——古手川試著想像。

「你剛才說，『搜查本部裡也有不少人持這類意見』是嗎？」

「對，我說了。」

「古手川先生怎麼想？」

將調查員的個人意見告知嫌犯本人絕非上策。因為等於是將警方的辦案方針告訴罪犯本人。

但看著坐在眼前的繼男，古手川不禁忘記刑警的立場，想助他一臂之力。

「你在你家被逮捕的時候說過一句話，你還記得嗎？『才這麼幾句留言就要被抓喔』。這句話一直卡在我心上。」

「我是說真的。我也不過才留了兩筆留言，這樣縣警本部就要逮捕我，根本就是一齣鬧劇。」

逮捕之際不經意脫口而出的一句話，古手川相信不會是謊言。而且，他們也沒有證據能證明繼男握有時枝夏帆與若宮涼音以外的案情。有的，只有搜查本部的打算：只要追查餘罪，遲早會吐實。栗栖課長這樣說的時候，人在旁邊的渡瀨都故意以讓他聽得到的聲音暗諷：「是啊，這是最令人安心的結論嘛。」可見至少那位上司對搜查本部的樂觀期待不屑一顧。

沒錯。說「修正者」一連串的留言全都是出自繼男的手筆，不過是搜查本部的樂觀期待。這幾個月以來，被「修正者」亂攪一通的不滿和疲累，讓搜查本部傾向於簡便的結果。

即使在這種時候，不，正因為是這種時候，渡瀨特地在古手川進行偵訊前來對他說：

「聽好了。如果你想好好做好偵訊，就不要像個不成材的記者那樣以既定結論的方式來思考。別被有利的說法牽著鼻子走。凡事有一方有利，就一定有另一方不利。不要被預設立場給迷惑了。要單就事實和邏輯來思考。」

依舊是宛如參公案般的長篇大論，但要以事實和邏輯來思考這句話，不可思議地打動了古手川。因為這正是他在浦和醫大法醫學教室裡的親身體驗。

不要為體表的狀態所惑，打開身體，確認內臟的損壞程度，以邏輯探討死因——這正是現代科學辦案所提倡的精神。

「別的不說，古手川先生，姊姊和小茜的姊姊不算，其他案子的案情我要怎麼知道？」

這也是古手川本身在搜查會議上提出來的疑點。然而，栗栖課長的回答乾脆到極點。

「既然他技術那麼高超，也有可能駭進縣警本部的主機吧。」

把栗栖的話原封不動轉告，繼男露出打從心裡傻眼的表情。

「他是說真的嗎？拜託，透過好幾個伺服器讓人追蹤不到IP位址，和駭進固若金湯的政府主機程度完全不同好嗎。警方連這都不懂嗎？」

自然也有懂的人，但都不在能夠下判斷的位階吧——平常古手川就有這種感覺，但他當然不會在繼男面前提。

「見微知著囉。會從事電腦犯罪的人天天練功，提升自己的本事。畢竟他們是沒有工作的米蟲，多的是時間可以練。」

「……這是誰的看法？」

「不知。是社會上流傳的一般論，或是對駭客的印象吧。」

「現在到底是在講幾百年前的事？拜託，現在的駭客才不是那樣！他們為了等企業、甚至是國家來挖角，可是絞盡腦汁、想盡辦法！」

繼男半申訴地說完，又再次板起了臭臉。

「真是白白被捕了。」

「嗯？」

「要是我知道警察這麼沒見識，就不會乖乖就捕了。」

真想讓栗栖課長那群人聽聽這句話。

「我還以為只要說實話，你們就會相信的。」

「這倒是抱歉了。但是雖然你是為了姊姊，卻搞得縣警本部人仰馬翻是事實。你暫時就當作是天譴，要怨就怨天吧。」

「暫時是多久？」

「你班上的同學都是笨蛋嗎？」

「怎麼突然跳這麼遠……沒有啊，雖然有笨蛋，不過只有一小部分。」

「所謂的警察，是非常龐大的組織。光是埼玉縣警，就有一萬一千名以上的警察。一萬一千人哦。其中當然有沒見識的警察，但不見得全都是那樣。」

古手川迎著繼男的視線，試著說服他。

「你別擔心。我們本部裡啊，有個最討厭先入為主、明哲保身和冤罪的昭和派刑警。」

「那，你就這樣跟人家拍胸脯了？又沒有能查清疑點的線索。」

聽了古手川的話，真琴一臉不敢置信地雙臂環胸。

「明明什麼證據都沒有，不怕讓人家空歡喜一場？」

「雖然沒有證據，但我有自信。」

「哪來的自信？」

「至少我看得出小鬼有沒有說謊。我不會硬逼一個國中生認他根本沒犯的罪。」

「那古手川先生幹嘛跑到法醫學教室來？」

「我想找點提示。」

「啊？」

「我認為繼男的供述是真的。這個假設成立的話，若宮涼音的案子以後的留言，就是第二個『修正者』寫的了。也就是模仿犯。而這個模仿犯對我們轄區內發生的不自然死亡屍體知之甚詳。反過來說，就是『修正者』就隱身在了解屍體狀況的相關人士當中。」

「古手川刑警，」

一直聽著兩人對話的凱西插嘴，

「你的意思是，你懷疑縣警裡的人？」

「無法排除這個可能性。只不過，這種話不能在縣警內部大聲說啊。」

「關於這一點，古手川刑警的Boss怎麼說？」

「說了最基本的事項。」

古手川嘟起嘴，站在正面的真琴不懷好意地看著他。

「姑且不論可能性如何，想想這一連串的案子對誰最有好處。」

「至理名言。」

「所以我想過了。『修正者』開始留言以後發生了哪些事？而這些事又有誰從中得利？我立刻想到的就是解剖數量劇增。解剖數量劇增，當然就是……」

真琴中途打斷古手川：

「古手川先生，你該不會是懷疑我們法醫學教室的人吧？」

「我當然不是懷疑真琴醫師妳們啊。縣警報驗的又不止浦和醫大。」

「無論哪家醫大狀況都差不多。雖然說不上是當志工，但每解剖一次，會產生多少赤字，這古手川先生也知道吧？解剖得越多，就越壓迫大學的預算。要是警方願意拿出充分的預算，我們也不至於……」

眼看著話題就要偏了，古手川連忙試著修正軌道：

「所以，我來是想要提示啊。司法解剖變多了，誰有好處？我想真琴醫師妳們應該比較有線索。的確，也許每家醫大在費用進出方面都差不多，但會不會有人因為解剖實務經驗增加而獲得有形無形的好處？」

古手川提問，但真琴和凱西也只是面面相覷，提不出有用的意見。

要是問了這兩位還是沒有收穫，只好拿同樣的問題去問光崎了。雖然明知道問了只會被他用一成不變的語氣罵回來。

好了，該如何開口呢。

古手川開始沙盤推演，但結果開口的時機往後延了。兩天後，發生了埼玉縣警自殺案。

上午七點四十分。交通課服務的姬川雪繪巡查部長自縣警本部附近的單身宿舍屋頂上跳樓自殺。

2

接獲來自渡瀨的第一手通知時，古手川還以為是開玩笑。

「姬川跳樓自殺？騙人的吧，怎麼可能。我前天才在本部的走廊上遇到她呢。那時候她一點也看不出有要尋死的跡象。」

「你以為我會為了好玩，開這種玩笑？」

單身宿舍與縣警本部近在咫尺。古手川放下一切趕往現場。

埼玉縣警在縣內有四十座宿舍，雪繪住的是女子宿舍。因此雖然離本部很近，古手川卻一步都沒踏進去過。

即使遠遠的，也一眼就看得出雪繪墜樓的地點。那裡已經圍起了藍色的布幕。

先行抵達的調查員個個神情嚴肅。也許這是當然的。因為躺在眼前的屍體和自己一樣是警察。

鑽過藍色布幕，淒慘的光景便映入眼簾。柏油路上好大一灘積血。柏油不會吸血，因此出血量看來會相對較多，但即使扣掉這一點，出血量還是很驚人。

雪繪的身體被赤裸裸地擺在布上。

「到得真快啊。」

回頭看他的是降谷檢視官。他身段柔軟、言語客氣，從事檢視官的資歷也超過十年。是古手川他們搜查一課全面信賴的檢視官之一。

古手川連合掌行禮都嫌多餘，匆匆奔向屍體。

那不是夢，也不是誤報。躺在布上的正是雪繪，如假包換。

由於才剛被發現，肌膚還帶有紅暈。但頭部的損傷卻令人束手無策。從後腦到側腦出現了柘榴般的龜裂。腦漿也溢出不少。

古手川注視了她的死相好一陣子，才雙手合十。

平常心不知被轟到哪裡去了。取而代之的，是前天看到的雪繪的笑容。

能那樣說笑、相處那樣自在的同期，如今只剩下一具淒慘的屍骸。儘管數度面臨親朋好友的死，至今仍無法習慣這種衝擊。胸口開了一個大洞這個說法真是太貼切了，沒有多少東西能夠填補這種失落吧。

他在這裡難過失落時，體溫也不斷從雪繪身上散逸。看著她死去的容顏，只覺得連自己的體溫都降低了。

「……降谷先生，死因是什麼？」

「就像你所看到的，是頭蓋骨骨折造成的腦挫傷。沒有其他外傷。幾乎是垂直從八樓屋頂墜落。也沒有保護自己頭部的形跡。是蓄意自殺。」

「沒有喪失意識之後被推落的可能嗎？」

降谷為難地搔搔頭，招手把古手川帶到布幕外。在熱辣辣的陽光下，降谷指著積血正上方的宿舍屋頂。

屋頂四面都拉上了防止失足的鐵絲網。

「你都看到了。那鐵絲網的高度少說也有兩公尺吧。就算是女性比較輕，但要背著她爬過那道鐵絲網是非常困難的。而且，有人目擊到是她本人主動跳下來的。」

「是誰？」

「這個要請你去問其他人了。」

古手川從忙忙碌碌地出入宿舍的調查員中，攔下了同是渡瀨組的菅田。

「古手川。你也來了啊。啊，對喔，姬川雪繪和你是同梯的嘛。」

「是自殺沒錯嗎？」

「正要來出勤的署員目擊她本人爬過鐵絲網，直接跳下來。鐵絲網後也有她本人的親筆遺書。」

這樣說完之後，菅田露出後悔的表情，顯然是為自己這番說法沒有照顧到古手川情緒懊惱。

「遺書，你要看嗎？不過我剛交給鑑識了。」

「麻煩了。」

依照菅田給的資料，來到雪繪所住的五〇四號。那個房間的門是打開的，鑑識和調查員正頻繁出入。

往房間裡一看，古手川大感意外。雪繪很男孩子氣，但起居室的布置完全就是二十多歲女孩子的寫照。造形小熊娃娃更是令人吃驚。彷彿窺見同事秘密的罪惡感與意外，讓古手川收斂起平日的厚臉皮。

只不過房間給人的印象和她本人一樣，明亮又溫和。古手川努力壓抑個人情感冷靜觀察，但從哪裡都感覺不出死亡的氣息。

「喔，我們來借看遺書。」

鑑識聽到菅田的聲音，回頭遞出一個裝了一張紙的塑膠袋。

「不好意思，給你們添麻煩。」

那張紙是印有花朵圖案的信紙。

「大家：

我愛上了不該愛的人。我想這是對我的處罰。謝謝大家過去對我的好。無法報答大家，

真的很抱歉。

對不起。

對不起。

姬川雪繪」

字體顯得纖弱不安。

「這封好像是給警察同仁的。另外還有給父母的遺書。旁邊整齊地擺著包鞋。是標準的自殺。可能是因為穿著包鞋很難爬過鐵絲網吧。」

「是她本人的筆跡嗎？」

「交通課的文件有她親筆寫的字，現在已經請人鑑定筆跡了。只是，就連沒受過專業訓練的外行人來看，十有八九也像是本人的筆跡。」

「確定是用筆寫的嗎？」

「廚房餐桌上放著一枝筆。好像就是用那枝筆寫的。不是印的。」

古手川的視線再次落在那段文字上。

我愛上了不該愛的人。如果就字面而言，那麼她就是和別人外遇之後尋死的。

外遇？

在古手川心中，活潑開朗的雪繪的容顏又與遺書的內容重疊在一起。製造出突兀得不能再突兀的突兀感。如果遺書是真的，那自己就完全沒有看人的眼光，是個睜眼瞎子。

不，本來女人的心思就不是男人能夠了解的吧。

古手川有如勉力推動別人的腿般吃力地上了屋頂。這裡也有調查員和鑑識人員不斷來去。

靠馬路那一側的鐵絲網正下方，原本擺著包鞋的地方以粉筆圈了起來。包鞋本身大概也送鑑識了吧。

仰望鐵絲網，的確很高。簡單說就是預防失足，但如果不是真的抱定了必死的決心，是不會想爬過去的。這並不是看景色看得呆了、一不小心就跳下去的景點。

調查員正忙著自己的工作，古手川只覺一陣孤獨襲來。突然間，虛無在日常之中擴大，彷彿要吞噬全身的恐懼包圍了他。

古手川剛發派到搜查一課不久時，因為負責的案件的關係，認識了一個國小男童。兩個人很合得來，古手川有時候會到他家陪他吃晚飯，有時候在打架時為他助陣。也許是因為古手川沒有兄弟，甚至把男童當親生弟弟看待。

然而，這名少年卻成了下一樁案子的被害者。死狀淒慘，完全感受不到凶手對人的一絲敬意。就在那時候，古手川心中的某個部分確確實實壞掉了。

「讓被害者死得瞑目。但不要靠得太近。一被感情蒙蔽，本來看得見的東西都看不見了。」

這是某次渡瀨對他說的話。自從那個少年出事以來，每次要勸諫動不動就失控暴走的自己時就會回想起這句話。一回想起來，不可思議地，就能找回冷靜。

但有時候也會失效。現在就是那個時候。

知心好友的死原來竟是令人感到如此空虛嗎？

曾經共同歡笑的人死了，原來竟能讓人精神如此脆弱嗎？

古手川在那裡佇立了良久。

一回到縣警本部，同仁早已開始收集雪繪的相關資料。儘管大家分屬不同單位，那依舊是自己人的案子。調查員的動作比平常更加迅速。

從她的宿舍搜羅來的個人物品、文件、指紋、毛髮，以及遺留在職場上的東西都作為證物一字排開。渡瀨正以冷冽的目光俯視這些物品。

「是自殺沒錯。」

也許這句話是自言自語，但古手川無法聽過就算了。

「就組長而言，結論下得真快。」

「啊啊？」

「光憑物證就決定嗎。不去問問家庭關係、人際關係、目擊者的說法嗎？」

渡瀨半張著眼死盯著古手川。對不認識的人而言，這怎麼看都是威脅恫喝，但其實這是一般正常模式，只不過是在探尋對方真正的心意而已。

果然，渡瀨露出一副要打人的臉。

「我還以為你最近已經好了，結果老毛病又犯了。」

「我沒有。」

「目擊姬川巡查部長跳樓那一瞬間的不止一個人。有三個趕往縣警本部的人同時目擊了現場。順便再告訴你一聲，這三個人的視力全都通過錄取考，而且是不知看過多少意外和犯罪現場的老手。雖然事出突然，但證詞出錯的可能性很低。目擊時，姬川巡查部長的衣著、行動，以及之後四周的反應，三人的證詞全部一致。鐵絲網也驗出了本人腳趾的指紋。既不是被人搬過去的，也不是被人推下去的。是她本人以自己的意願爬過了鐵絲網。」

彷彿為了引起古手川的注意般，這回他指向排好的物證。

「遺書鑑識已經驗過是本人親筆了。而且也訪談了交通課的同事，並沒有出現她對職場環境有什麼煩惱的事實。沒有任何材料可以否認她在遺書裡暗示的，因為和別人外遇而自殺。」

「寫給父母的遺書上說了什麼？」

「和給同事的差不多。愛上了不該愛的人。這就是尋死的原因……最後道歉的話更長、更悲切。如果想滿足你低級的好奇心，我可以給你看。」

「不……不用了。」

「你是在不滿什麼？」

「姬川和我是常一起互吐苦水的同梯……我實在無法接受她和別人外遇。」

「她本人昨天的行動，就已經證實了一部分。」

「昨天的行動？」

「她昨天請了休假。不過是前一天臨時請的。平常她不是會這樣請假的人，所以課長也覺得奇怪。這樣一個人突然請假去了哪裡呢？這就是答案。」

粗大的手指指著死者的某件私人物品。

「診療收據……婦產科？」

「向醫院一問，果然中了。姬川巡查部長在那裡動了墮胎手術。手術是下午五點結束的。她在床病上休息了兩個小時之後，回到宿舍。那時候是晚間七點半多。考慮醫院到宿舍的距離，她中途應該沒有繞道。」

「可是，光是這樣……」

「為了沒有結果的愛情墮胎。如果只是這樣，作為自殺的動機的確是太薄弱了。但她墮胎是基於別的倫理上的原因。不對，應該說是生物學上的原因才對。在她的子宮裡的，不幸是個畸型兒。」

古手川說不出話來。

「由於是懷孕第十五週，是透過腹部超音波發現的。當然超音波也不是百分之百準確，但這個胎兒另當別論。超音波照出來非常清楚，因為少了半個頭。」

「頭、頭？」

「是一種叫作無腦症的病。她本人決定墮胎，一動手術，果真沒錯。孩子幾乎少了一整個大腦，就算足月出生，存活率也極低。你不認為要把懷著外遇對象的孩子的她逼上死路，這個理由夠充分了嗎？既然你們是互吐苦水的同伴，你應該也了解她的個性吧。姬川巡查部長難道不是個責任感很強、有時候會太過自責的人嗎？」

渡瀨的話一字一句都像長槍一槍槍往心頭刺。說到姬川的自責，渡瀨說的一點也沒錯，後進的過失和交通課的問題她常會當成自己的事來煩惱。平常的豪爽等於是自行否認這個弱點的多面鏡。這樣的一個女孩一旦知道自己懷了不健康的胎兒，也難怪會絕望想詛咒自己。

「實際上，看到超音波影像，她當場發了瘋似的哭喊。而手術結束之後，像個幽魂般離開了醫院。」

「……不用再說了。我已經了解得夠多了。」

有這麼多證據擺在眼前，古手川也不得不承認事實。雖然過去也曾有過，但此時他再次對這個上司產生了一絲厭惡與莫大的敬畏。

「了解得夠多了？喂，你才幾歲，什麼時候變這麼淡定了？」

「自殺這件事很清楚了。」

「人是自殺的，動機是如此這般。這樣你就打算結案了嗎？好一個不可靠的同梯啊。她在陰間也對你失望透頂哦。男方是誰，難道你不想知道嗎？」

渡瀨得意地笑了，但在不認識的人看來，怎麼看都像在耍狠。

「工作現在才要開始。」

警察也是人，女警也是女人。因此和一般民眾一樣會戀愛，心靈脆弱的同樣也會考慮自殺。

然而在警察的組織當中，這項常識似乎不怎麼管用。事發當天本部長便下達指示，勒令案情不得外洩。雖然並未採用文書的形式，而是由各部部長口頭傳達，但未以文書留下形跡，反而更加強調了重要性與機密性。

搜查一課是由栗栖課長宣布，但在座的調查同仁之間早就充斥著士氣低迷的氣氛。

「女警自殺，有這麼見不得人嗎？」

古手川的話不禁有點帶刺。

「聽課長講起來，簡直當成醜聞在處理。」

「是醜聞沒錯啊。」

渡瀨在聽的時候，連看都不看栗栖的臉。

「這次的事和外遇是綁在一起的。要是被八卦雜誌探出什麼端倪，本來沒事都會被寫出事來。」

「沒事變有事，是嗎？」

「你稍微想想就知道。警察是值勤時間很長的工作。這也不限於警察和公務員，無論哪一行都差不多，凡是上班時間長，會認識異性當然都是透過工作。」

古手川明白渡瀨的言外之意了。

「意思是，姬川的外遇對象也是警察？」

「無論事實如何，縣警高層怕的就是這個可能性。警察之間外遇加自殺，媒體一定會拿來大作文章。他們其實是希望趁事情還沒鬧大之前，趕快結案。」

不久，渡瀨說的就成真了。

當天姬川巡查部長的死就以自殺處理，沒有成立專案小組便宣告結案。

她所屬的交通課就不用說了，負責案件的搜查一課當然也大表不滿。古手川也是其中之一。

「墮胎的女方以自殺結案，那播種的男方就不用罰嗎？」

古手川逼問剛宣布結案的栗栖。因情緒太過激動，什麼明哲保身、上意下達的原則完全拋到九霄雲外。

「你在一頭熱什麼？」

栗栖一瞬間皺起了眉頭，但立刻露出冷笑。

「驗屍和鑑識，結果都無法推翻自殺這個事實。警方沒有東西要調查了。」

「男方呢？從扣押的姬川的手機裡，應該能找到。」

「無論男方對姬川巡查部長採取什麼樣的態度，都不是刑法能夠追究的。這真的就是狗不理的情侶吵架。」

這番話儘管又酸又刺，但在道理上是講得通的。警察的工作是取締外在的不法行為，而非矯正內在的心念善惡。

即使如此，古手川還是無法控制自己。

「自殺也是非自然死亡吧。至少應該送司法解剖不是嗎？」

「你是聽不懂人話的小孩嗎。你自己應該也很清楚非自然死亡無法全數送解剖的苦衷。尤其是這次因為『修正者』害得本來不需要解剖的案子都送了解剖，預算已經見底了。別的不說，驗屍的降谷檢視官就判斷不需司法解剖。沒有你區區一介刑警懷疑檢視官判斷的餘地。」

這也合理。是否需要司法解剖的決定權在檢視官手中。刑事訴訟法有明文規定。

「你不要再管了。把事情搞得更複雜算哪一齣。」

所謂越說越錯就是這麼一回事。就現狀而言，要將姬川雪繪的死當成單純的自殺來處理，是有問題的。所以要嚴守保持沉默這個主旨。

無論是在道理上還是現狀上，古手川都束手無策。憑他一個小角色也沒有本事推翻搜查本部的方針。再加上上級的決定是絕對的。

但這種種加起來，古手川還是無法接受。再這樣下去，眼看著他遲早會出言不遜，觸怒栗栖。然而腦子明明知道，身體和嘴巴卻率先行動。

住手——正當另一個自己開口警告的時候。

「哎，先等一等，課長。」

渡瀨又粗又啞的聲音，讓古手川的話在喉嚨停下來。

「這個案子的確他殺嫌疑薄弱，降谷檢視官所下的判斷也很妥當。但是，這個笨蛋也言之有理。雖然有理的就只有『非自然死亡應送解剖』這一點。當然我們不是忽視檢視官的判斷，但至少原則上是這樣。」

「可是，渡瀨組長，就像我剛才說的，縣警分配給司法解剖的預算已經見底了。你口口聲聲原則原則，你明知道只靠原則縣警是不可能順利運行的。」

「是啊，我知道。同樣死得很慘很無辜，但因為時機等原因，有的案情可以真相大白，有的卻石沉海底。換句話說，一個人能不能死得瞑目，終究是要看有錢沒錢。決定解剖預算分配的人不知被多少怨靈懷恨在心啊。天曉得晚上睡覺時有多少游魂站在他枕邊。」

一聽這話，栗栖的臉色馬上就變得很難看。這也難怪，因為申請解剖相關預算，正是搜查一課長栗栖的職務。

「拜託你不要說這種不吉利的話。無論如何，這件事到此為止。姬川巡查部長的案子就以自殺結案。」

「可是，卻有偏執的意見不這麼認為。」

「渡瀨組長，我提醒過你多少次了，請你千萬注意，少有擾亂搜查本部的言行……」

「這偏執的意見可不是我，是專家的意見。」

「專家？難不成……」

「你猜對了。我把屍體的照片傳給有法醫學權威美譽的人物。」

古手川的耳朵立刻有所反應。

原來已經連那邊都安排好了嗎。剛才心中的那一絲厭惡立刻一筆勾消。

「對方的回答既迅速又明快。『需要司法解剖』。降谷檢視官的判斷當然也很重要，但斯界權威光崎藤次郎教授的意見我們也無法全然忽視吧。」

一聽到光崎的名字，栗栖就一臉吃到什麼難吃的東西的表情。

「Oh！I see。古手川刑警的Boss會突然傳屍體的照片過來，原來是有這些緣故啊。」

來到法醫學教室的古手川解釋了緣由，凱西便生氣勃勃地說起話來。看來對於能夠執行與命案有關的解剖讓她特別開心。

「因為縣警預算的關係，報驗突然就中斷了，我正發愁呢，我們Boss和古手川刑警的老闆果真是嵌燈相照的伙伴啊。」

真琴心想，她應該想說肝膽相照吧，但沒說出來。仔細想想，凱西的誤會也不算錯得多離譜。可是啊——古手川的反應卻不如預期，

「光崎醫師的功績和對埼玉縣警的貢獻誰都不能否定，但上面就是緊咬著沒有預算這一點。」

「Money、Money、Money。這個問題真的跟人種、國籍無關啊。我的母校也有同樣的問題。每一州預算各異，所以還是會對多少案子能送解剖造成影響。」

凱西聳聳肩，

「明明應該要為所有的死者查明死因，結果卻因為有錢沒錢產生了階級差異。所謂有錢能使鬼推磨，說的就是這種事吧。」

真琴覺得這句俗語用得很恰當。
真琴將渡瀨傳給光崎的照片再次拿出來看。
照片全部一共九張。是躺在藍布上的屍體的全身乃至於各部位的特寫。也許是平常勤於鍛鍊，看得出幾乎沒有贅肉。二十八歲，所以比自己年長幾歲，但這模特兒身材有點令人羨慕。側腹上像濕疹的紅斑也很可愛，不難想像她生前膚色白皙。這就令人更為她頭部嚴重的損傷感到遺憾。
據古手川說，她名叫姬川雪繪。是隸屬於交通課的女警，常和古手川一起互吐苦水。這個再也不會說話的女子知道自己所不知道的古手川——一這麼想，敵意油然而生，令真琴大為錯愕。
我幹嘛對她產生敵意啊！
臉好像發熱了，為了掩飾，真琴向古手川確認：
「光崎醫師只看了這九張照片，就判斷必須司法解剖，對吧。沒有提到具體的疑點嗎？」
「不是我直接問的啊。組長是說，照片傳過去五分鐘就接到電話。而且也只說了一句：『讓我解剖。』我們組長全面信任光崎醫師，所以這樣一句話就夠了，不然搞不好可能會吵起來。」
「知己是不需要言語的。」
「……凱西醫師，妳這種說法會讓人誤會，可不可以不要這麼說？」
「可是古手川刑警，既然縣警對司法解剖態度消極，那屍體到底怎麼處置？」

「這就是靠我們組長的威嚴，不，應該是威脅了。而且又有光崎醫師的意見，所以現在屍體停放在署裡。沒辦法讓特地趕來的姬川家父母領回，對他們很過意不去就是了。」

「有屍體。有名義。卻沒有錢。Money、Money、Money。」

凱西難得說重話，

「像我這樣的外國人說這種話是管太多了，但日本是全球數一數二的經濟大國不是嗎？每年有近百兆日幣的國家預算不是嗎？那一具遺體區區二十五萬圓的解剖費用為什麼拿不出來？這個國家的官員就把死者的權益看得那麼不值嗎？老實說，我認為人們對死者的敬意非常淡薄。」

凱西憤慨有理，所以真琴和古手川都無話可回。

事事合理，人人公平，這是美好的理想，但社會體制和權益不均卻不容許。吃虧的，永遠都是聲音小、缺乏獲利能力的人們。完全失去聲音的死者就更不用說了。天底下哪有對喪失投票權的死者送秋波的政治家？

氣氛越來越沉悶，真琴便改變話題：

「這位姬川女警官有個秘密交往的人吧？這樣的話，手機裡不是會有通話記錄嗎？」

「有啊，都留著。聯絡不算很頻繁，大概三天一次。不過對方只登錄了『他』而已。我們試著撥這個電話，完全沒有回應。搜查本部懷疑那是為私會另行準備的手機。」

「為什麼要這麼做？手機不是很私密的東西嗎？為什麼還要在手機裡隱藏對方的身分？」

「這就是警察和一般企業不同的地方了。縣警本部有時候會進行搜身檢查。」

突然出現一個不合時宜的詞，真琴無法立即領會這個詞的意思。

「最近警察不是醜聞不斷嗎。所以大概一個月一次，會檢查有沒有人把違法物品帶進職場，或是反過來，有沒有把職場的東西帶出去，也要查和反社會勢力有沒有接觸。公務用的手機和私人手機也在檢查範圍內。我想姬川避用對方的名字，就是為了提防搜身檢查。當然，也很可能是男方要她這麼做的。」

「那，男方是？」

「我們組長說，上班時間長的工作，認識的異性都侷限在工作關係上。姬川的狀況對方是外遇，而且她又刻意不提名字，所以這方面的嫌疑就更重了。對方就是職場上大家都知道的人。所以姬川才不得不隱瞞他的名字。」

「這個他自己出面……不可能喔。」

「死人不會說話，這句話說得真好。而且死人都好心好意幫忙隱藏了自己的名字了。既然是外遇，這個『他』當然是有家室的。他應該不會冒著破壞家庭和諧的風險，和死人講義氣吧。」

她肚子裡的新生命得不到歡迎就被葬送在黑暗中，挺身保護的對象卻不屑一顧。

多麼悲痛的人生啊。

真琴雖然沒有生產的經驗，但不難想像一個女人得知懷孕的心情。這恐怕是母性所帶來的共通的初始記憶。

新生命，對自己的分身的愛無從與其他比較。一定比自己的性命更重要。寧可與世界為敵也要守護。

當她被告知這寶貴的生命無法生存時，是多大的衝擊與心痛？聽說姬川雪繪在醫院發了狂似地哭叫，令人不忍。一想到若自己易地而處，真琴便因為恐懼和傷痛難過得難以呼吸。

而同時也突顯了男方的自私。若一如古手川和渡瀨的推測，對象是警察，那麼他不但早已知道雪繪的死訊，也應該知道她墮胎的事實。然而至今他仍裝聾作啞。

「無論如何都沒辦法從通話記錄追蹤嗎？」

「現在人頭門號也很容易買到。如果對方存心隱瞞身分，光靠電話號碼要找人幾近於不可能。還有另一件惱人的事就是，降谷檢視官做出了不需進行司法解剖的判斷。就算有光崎醫師的那句話，要推翻檢視官的判斷也不容易。」

古手川的聲音聽起來遺憾萬分。一想到他也有同樣的想法，真琴的焦躁略微平息。

「對了，真琴醫師，主角光崎醫師呢？還在上課嗎？」

「其實我也是一整天都沒看到他。」

真琴與古手川幾乎同時朝凱西看，但這位紅髮碧眼的副教授也為難地猛搖頭。

「我也和真琴一樣，今天一整天都沒看到他。優秀的人總是非常忙碌。」

「這就傷腦筋了。我今天來打擾，是想直接請教光崎醫師對屍體照片哪裡感到可疑。」

「Sorry，古手川刑警。可是，那位Boss在你要找他的時候總是神出鬼沒。實在不是我和真琴能夠掌握的人。」

「哎，這個妳不用成語我也知道。這九張照片，兩位有沒有覺得哪裡不對勁？」

凱西靠過來，所以真琴也湊過來一起看照片。可是，無論看多少次，就只有加深初見的印象而已，並沒有看出特別奇怪的地方。凱西也是一雙眼睛又是睜又是瞇的看了好半天，還是沒有發現異狀。

本來，光崎的說法本身就令人納悶。目擊者的證詞與屍體的損壞狀況完全一致。跳樓前還活著的人從八樓的屋頂上跳下來，頭蓋骨骨折而造成腦挫傷。由頭部的損傷狀況看來，除了當場死亡沒有第二種可能。用不著司法解剖直接死因一目了然。然而，為什麼光崎還堅持要司法解剖？

真琴很清楚光崎的言行都是出自於堅定的信念。這次的事，光崎一定也有他的想法。可是一旦對他的用意完全沒有頭緒，真琴難免感到不安。

但凱西則不然。過了一會兒，只見她死了心視線離開了照片，對古手川露出燦爛的笑容：

「完全看不出所以然。」

「……我想，這個場面應該回答得更遺憾一點。」

「我不覺得遺憾。因為這讓我確定我的知識還遠遠不及光崎教授的水準。」

「這值得高興嗎？」

「Of course。障礙越高，越能激發跳躍能力。」

這份積極正面是來自於國民性，還是凱西本身的個性呢？真琴認為多半兩者皆是吧。

「倒是古手川刑警，你是不是該說真話了？」

「咦！」

「你認識光崎教授這麼久了，應該早就知道我們老闆在沒打開屍體之前是絕口不提結論的。可是你照樣跑來，應該是有別的目的吧？」

古手川一臉不好意思地搔搔頭。

哎呀呀，看樣子是被說中了。

「真是敵不過凱西醫師。」

「No，是古手川刑警太單純了。」

真琴都忘了。凱西的積極正面與她的直言不諱是成套的。

「呃，其實是這樣的。老實說，我來是為了解剖方面的費用，想請浦和醫大法醫學教室的各位幫忙……」

看他莫名拘謹的態度，真琴忽然想起學生時代，被女性朋友借錢的往事。古手川的動作和那時候的朋友一模一樣，真琴忍不住差點笑出來。

「我想妳也知道，埼玉縣警撥給司法解剖的預算已經見底，假使申請姬川的解剖，也付不出給法醫學教室的報酬。」

Oh！——凱西誇張地高叫。

「古手川刑警，你該不會要我們做義工吧？」

「不是啦，說做義工有點語病。若幾位肯考慮到是光崎醫師的一句話辦案才喊停的，縣警本部也很感激……」

古手川一直吞吞吐吐的，但他也受不了了。

「啊啊！所以不應該叫我來交涉的啊！」

說完，就甩開惶恐，變回平常的古手川。凱西則是露出賊相，不懷好意地笑了。

「果然被指派了倒楣的爛工作啊。」

「凱西醫師猜的一點也沒錯。是工作上的命令：你在那裡混得很熟，比較好開口吧。」

「下這個厚顏無恥、不負責任、純官僚作風的命令的，是你們家渡瀨先生嗎？」

「不是的，是更上一級的上司。渡瀨組長什麼都沒說就離座了。」

「Sorry，古手川刑警。奉命執行這個你不熟悉的任務，我想你一定很辛苦，但我們法醫學教室的經濟狀況也相去不遠。由於『修正者』的活躍，我們的解剖件數也比平常增加了許多。而一具屍體的解剖費用是二十五萬圓，所以每次都會出現赤字。解剖增加我個人是開心都來不及，但法醫學教室的預算也同樣見底了。因此，無法答應埼玉縣警的陳情。」

「啊——，我想也是。是啊，我當然明白。其實用不著凱西醫師明說，縣警和法醫學教室雙方的赤字體質我聽多了。」

古手川一副不知該賠罪才是，還是該看開才是的樣子。讓真琴不禁有點想同情他。

「可是，那要怎麼辦呢？古手川先生。縣警也好，浦和醫大也好，不從哪裡拉點預算出來，姬川小姐的遺體遲早是要火化的。」

「二十五萬圓。」

古手川以憤憤不平的語氣說，「連這麼一點錢都生不出來，實在太丟臉了。我嫌麻煩，想自掏腰包，但被組長制止了。他說，一旦開了先例，組織就很可能會以此為由，要個人負責，叫我別這麼做。」

「非常、非常正確。」

凱西含蓄地拍手，「這就叫作公私不分。」

「我回去會轉告組長的……可是，彼此的經濟狀況光崎醫師應該早就知道了，為什麼還會不加說明就說要解剖呢。」

「追求真相當前，錢的問題是nonsense。」

凱西不知為何顯得十分自豪，但真琴的看法則略有不同。

光崎醉心於追求真相，這一點凱西的確沒說錯。但她不相信那個老狐狸會因此就對金錢問題全然的漫不經心。再怎麼我行我素最終仍要有圓滿收場的本事，否則不可能一直任性妄為的，難道不是嗎？

古手川不希望輕忽死者的意念和遺憾，他的心情真琴只有贊成的分。而她對患者因為經濟上的理由，被分為能與不能受惠於醫生也感到強烈的排斥。

「……凡入人家，必全心以病家為念，決無任何危害妄為之意圖。」

她細細咀嚼如今已經能背誦的「希波克拉底誓言」的其中一節。無論死者生者，都是患者。

而只要是患者，就應公平對待，無關經濟。

聲音自然而然自口中響起。

「我去和大學那邊談談。」

在古手川自告奮勇同行下，真琴敲了大學經營企劃課的門。應答的是會計組的床嶋先生。真琴解釋了緣由，由古手川補充。也就是法醫學教室與縣警聯手交涉，但果然不出所料，床嶋從頭到尾板著一張臉。

「根本不像話啊，栂野醫師。」

床嶋猛搖頭，

「查明死因雖然是崇高的使命，但我實在不明白。都已經苦苦拿不出給活著的患者的費用了，大學的錢為什麼還得花在死人身上不可？我當然知道法醫學的重要性，但這些事情應該自有其優先順序才對吧。」

「醫療上的優先順序，只有症狀的輕重緩急。生者與死者之間沒有所謂的優先順序。」

「也許你們法醫學的看法是這樣，但錢這件事就非常現實了。一具二十五萬圓，絕非一筆小錢。和栂野醫師一個月的薪水差不多吧？換句話說，這就意味著一具屍體的解剖費用就足以支付一位醫師的薪水。這樣兩位明白了吧。」

由於床嶋黏著性的說話方式以及所說的內容，讓他的話帶著噁膩感纏上來。

「我想梅野醫師也知道，我們大學學生人數年年下降。在少子化與醫科創設潮的雙重打擊下，我們浦和醫大的經濟狀況非常吃緊。」

「這我知道……」

「不，很抱歉，您們醫師對成本效益完全沒有概念。我當然不是說要您在教室裡也要意識到這一點，但大學營運絕不能小看金錢問題。我實在不太想說這種話，但我們大學如果沒有政府的補助早就倒了。梅野醫師明知道，卻還要叫我們為毫無回報的解剖費用刪減其他預算？」

就算是醫大的職員，凡是從事會計的人心裡有的就是成本效益。在大學收益備受壓迫的今日更是如此。床嶋一臉不耐地拒絕真琴她們的要求，正因為真琴能夠理解他的立場，聽著就更加難受。站在旁邊的古手川又不能插嘴管大學的營運方針，只能默默低頭。

「再說，既然是犯罪調查的一環，照道理費用不是應該由埼玉縣警出嗎？竟然要大學墊付，不覺得丟臉嗎？」

床嶋的語氣漸漸開始情緒化。也許這是管理組織經濟的人必然的反應。大概是意識到如此吧，古手川平時的威勢不知道丟到哪裡去，一味地平身低頭。

原來他也懂得一個成熟的大人該有的應對進退啊——一這麼想，就無法不幫他說話。

「那個，說到為什麼古手川……為什麼縣警的刑警先生會在這裡，是因為本來說這件事有解剖的必要的，是我們光崎教授。」

一聽到光崎的名號，床嶋就毫不掩飾地皺起眉頭。

「既然這樣，請光崎教授或法醫學教室的有志之士去募款如何？我們和警方不同，若有人願意贊助研究費，我們在這方面是沒有任何限制的。」

這種說法實在令人生氣。

「我就趁這個機會老實說了，平常法醫學教室亂來就讓我們難以應付。你們不但不像其他科有住院費、治療費、手術費等收入，只有支出一年比一年多。別科努力賺來的錢都被妳們一一丟進水溝裡。你們就是動搖我們經營基礎的 A級戰犯。要是以為靠斯界權威這個頭銜能囂張跋扈一輩子，那就大錯特錯了！」

「您說囂張跋扈就太過分了。光崎醫師沒有這個意思。」

「我不管他有沒有這個意思還是有什麼別的意思，總之光崎教授的舉止壓迫大學經營是不爭的事實。我們經營企劃課不知請他重審預算多少次，他不但不聽，還不知從過去的錯誤學習，甚至要求比前年度更高的預算。大家都說醫者仁心，但醫師又不是仙人，總不能餐風宿露。法醫學教室的稼動率上升卻無法增加人手的原因我想妳也知道吧。無論你們的工作增加多少，都不可能增加你們的預算，人手當然無法增加。這一點請你們一定要有自覺。」

這番話實在太失禮，真琴的禮貌眼看就要崩盤。

這時候門突然開了，恐怖大王駕臨。

「你以為那種程度的算術我不會嗎？」

當著突如其來的光崎，床嶋的表情凍結了。

「要說法醫學教室的直接收入，的確就只有跟學生搶劫來的學費，但也有無形的回報。還請你不要忘了拿我的虛名當捕蚊燈勸誘青年學子入學的事實。」

「不是的，那個，我說的不是醫生的成就……」

「不能餐風宿露這我倒是很贊成。經營企劃課的人也想多吃點有營養的東西吧。既然這樣，不如拍賣這屋裡豪華得莫名其妙的客桌椅如何。絕對夠讓每個人吃上一份鰻魚飯哦。」

「不是的，那個，大學應該要有相稱的設備……」

「想要這麼氣派的設備，不如用你的私房錢來買啊？以職員的心意來補足不夠的部分，這方面也沒有任何限制吧。」

床嶋像個洩了氣的氣球般茫然失措中，光崎朝真琴與古手川瞪了一眼。

「哼！偏偏兩個都是迷糊蛋。你們知道什麼叫不合時宜嗎？就是你們現在這副德性。」

「不是的，光崎醫師，真琴醫師是想幫忙解決縣警本部的難題。」

「那早就解決了。」

兩人同時驚叫一聲。

「喂，小子。你現在立刻去把屍體給我送過來。真琴醫師準備執刀。動作快，慢吞吞的，烏龜都比你行。」

真琴與古手川簡直像被拖著離開了那裡。真琴跟在光崎身後，先問了該問的事。

「教授，剛才您說費用的問題已經解決了，費用是從哪裡來的呢？難道是教授的零用錢嗎？」

「檢察廳。」

「咦！」

「埼玉地檢有個姓刑部的檢察官。是他判斷有司法解剖的必要，向浦和醫大申請解剖。所以解剖費用由地檢出。」

原來如此——在後面的古手川喃喃地說。

「古手川先生，什麼意思？」

「刑事訴訟法第二二九條啊。非自然死亡的驗屍一般是司法警察檢視官的工作，但這完全是代為行事，依條文應該是由檢察官擔任。換句話說，檢察官的決定權在檢視官之上。而且……」

「還沒完？」

「那位刑部檢察官和我們組長也很有交情。所以真琴醫師，這十之八九是組長寫的劇本啊。」

「可是，虧他有本事把檢察廳也扯進來。」

「我完全可以想像渡瀨組長是怎麼跟刑部檢事說的。」

古手川傻眼地說，

「一定是用威脅的。說什麼姬川的自殺不僅是外遇，而且還暗藏著凶險的災難。如果不是司法主動破解，事後反而更難收拾……」

簡單地說，就是老奸巨猾的渡瀨寫了劇本，而同樣老奸巨猾的光崎配合演出。

真琴匆匆趕往法醫學教室，一邊苦笑著：多可怕的一對搭檔啊。

4

送進解剖室、由蒼白的燈光照亮的姬川雪繪的身體已經腐敗到一個程度。雖以冷藏滅菌保存，仍難以阻止體內常在菌的侵蝕。發現當時雪白的肌膚，此刻從常在菌叢生的下腹部到全身都爬滿了樹枝狀的變色。這叫作腐敗血管網，因血管內細菌增生發生溶血，血紅素和硫化血紅素浸潤血管壁，使較粗的皮下靜脈呈現褐色。

頭部還是維持原樣。即使擦掉了噴出的血液和腦漿，由於頭蓋骨大幅破裂，不像生物的頭部，更像被壓爛的果實。

常和她一起互吐苦水的古手川半張臉被口罩蓋住看不出表情。但從他的眼神，不難想像他悲愴的神情。

真琴也曾有過認識的人在眼前被解剖的經歷。一下刀，屍體往兩側打開時噴出的腐味無情地蹂躪她與死者之間的回憶。那一瞬間，過去曾交談的人成為靜物的事實被硬生生攤在眼前。

古手川能夠承受嗎？

一定沒問題的。既然他站在這裡，就應該是不怕面對事實。

凱西興沖沖地準備好一套解剖用具，迫不及待地等候光崎出場。雖然免不了不夠莊重之嫌，但真琴深知她心中有的是對真實的追尋，因此也無意責怪。

用具一放在鐵盤上，就此悄然無聲。

空氣在寂靜中緊繃。只剩下三人的呼吸聲與空調的聲音。沉靜的緊張自丹田擴散開來。

終於，這個房間的主人現身了。

身穿解剖衣的光崎腳步猶如二十多歲的年輕人。口罩上方露出來的雙眸綻放出哲人的光芒。真琴每次都不禁為之心折，但也許對他來說，解剖衣是一種開關。平常一個心眼壞、滿口譏諷的老人一穿上解剖衣，頓時變身為令人肅然起敬的醫者。

「那麼，開始。屍體為二十多歲的女性，頭蓋骨自後腦至側腦有嚴重損傷。上半身有數處擦傷，但應為墜落時與柏油路的磨擦所造成的。左腹部有紅斑。死後僵直已緩解。首先，打開眼皮。」

第一句話就讓真琴大吃一驚。過去她參與過多次解剖，但宣布由眼睛看起卻是第一次。無論屍體的損壞程度如何，光崎對待屍體的方式都不變。滑也似地一手按住頭，撥開眼皮。混濁的角膜活像有瑕疵的玻璃彈珠。

些微的異狀讓真琴目不轉睛。

屍體的眼球有點充血。但頭部損壞不可能是充血的直接原因。

光崎似乎早就料到，滿意地微微點頭。

「接著開腹。手術刀。」

從輔助的真琴手中接過手術刀，光崎的手立刻就動了。

在胸部中央Y字切開。拿著手術刀的手依舊如常，沒有絲毫遲疑，動作宛如精密機械般迅速、正確。

身體左右打開的那一瞬間，腐敗氣體頓時擴散開來。然而，古手川仍維持雙臂環胸的姿勢，動也不動。他一直佇立在房間一角，看著光崎等人的行動。

「肋骨剪。」

接著光崎迅速在暴露出來的肋骨與肋軟骨之間進行部分切除。

最近真琴也會在研究生面前動刀，但實際執刀之後就明白有多難。難的不是下刀，而是下刀的力道，而且切割的地方不同，切出來的樣子也不同。

對此，光崎只說過一句「順勢而為」。

組織各有各的走向。沿著走向下刀便不至於太過費力，但垂直下刀就會耗費許多力氣。而即使是同樣的部位，厚度不同，刀刃行進的狀況也有所不同。

這就是光崎動作快的原因之一。不需要無謂的力氣，以最短、最小的施力來處理。以又小又短的方式切割，需要的時間當然會變短。要做到這個程度，就必須正確掌握人體從頭頂到腳每一條肌肉、組織是什麼走向。

一想到這裡，真琴打了一個寒顫。

人體裡到底有多少肌肉與組織、各自又是以什麼走向組成的呢？當然，醫學書籍上並沒有明文記載。全憑醫師個人的實戰經驗。一想到要獲得光崎那種程度的智識，必須解剖多少具遺體，真琴就覺得快昏倒。

不久，切除了數根肋骨，腐臭味也來到最強。也有一絲臭味穿過口罩入侵，刺激真琴的胃袋。但好歹她也已有了抵抗力，不會像一開始那樣會反胃想吐，但局外人只怕撐不住。

即使如此，古手川仍睜大雙眼緊盯著雪繪的體內。真琴只能佩服他強大的自制力。

肋骨切除了，內臟便露出來。光崎的手彷彿老早就決定好目的地般，滑向腸胃。

「胃腸黏膜瘀血。」

一點也沒錯。

光崎所指的黏膜部分有明顯的瘀血，也有水腫。真琴差點出聲問怎麼會這樣，但光崎卻像不許任何人在執刀中發問般，雙手持續動作。

「手術刀。」

接著，光崎的手伸向小腸。這個部分還沒有變色，維持著淡粉紅色。

然而，有奇異的鼓漲。與其他內臟比較起來，鼓漲的程度很不尋常。光崎的手術刀無聲無息地迅速切開有如明太子般的小腸。從中出現的，是洗米水狀的糞便。

「小腸內有血性滲液。」

光崎的手指沒有停歇。直接切除部分小腸黏膜，放在不鏽鋼盤上。

「凱西醫師。做 ICP-MS（感應耦合電漿質譜儀）。也要從毛髮和指甲採樣。」

一直到ICP-MS出現的那一瞬間，真琴才總算明白光崎的想法。大概是該確認的都確認了，光崎迅速進行縫合。

這時候古手川再也忍不住般靠過來。

「光崎醫師，那個IC什麼的，是什麼的簡稱？請用我能理解的方式說明一下。」

光崎狠瞪一眼。在這個場合下若要再起爭執，沒人受得了。真琴急著想介入，不料光崎說話了：

「那我就跳過很多東西，用你的頭腦也能理解的方式說明給你聽。那是檢驗砷的方法之一。」

「砷？」

「你窩在那裡全都看到了吧。腹部的紅斑，結膜炎，腸胃黏膜瘀血，小腸內血性滲液。這些全都是砷中毒引起的症狀。而且不是慢性的，是相對急性。」

光崎一邊說，縫合的手沒停過。

「相對急性的意思，是這幾個月慢慢累積下來的砷。詳情等分析結果出來就知道了，如果是慢性，皮膚應該會發生色素沉澱。但這具屍體沒有。」

砷是一種會累積的毒素。若由食用攝取，會與體內的組織、酵素的SH基結合而沉澱。結果會引起多重器官衰竭。

「聽說你最近見過這位警官。那時候，她有沒有什麼異狀？」

「她想吐。然後還說她拉肚子……」

「兩者都是砷中毒的症狀。這也就能推測她不得不墮胎的原因了。」

「砷和墮胎有什麼關係？」

「她是第十五週墮胎的吧。懷孕期間一直攝取砷，當然也會影響胎兒。目前雖然尚未確知無腦兒發生的原因，但若母體中毒症狀如此嚴重，畸型的機率也很高。」

「所以她是被殺的，」

古手川自言自語般喃喃地說，

「早在她自己跳樓之前，就有人在殺她了。」

「你這個說法不完全正確，但就算她自己不尋死，中毒症狀遲早也會惡化。」

古手川靜靜守候在一旁，等雪繪的身體縫合。

縫合一完成，光崎便開始仔細修復損壞的頭部。一旦解剖結束，便儘可能讓死者恢復生前的模樣，而且不止是還原他自己動過刀的地方。這是光崎做事的方式。

直到光崎的作業全部結束，真琴等人都不發一語。

兩天後，一位檢視官來到渡瀨、古手川，以及真琴等候的刑警辦公室。

「聽說姬川巡查部長的案子破了？」

對此，由渡瀨以平時的撲克臉回應。

「是啊。剛剛科搜研的分析結果出來了。」

「這真是太好了。可是，為什麼要把我叫來？」

「案子是怎麼破的，你沒有興趣嗎？」

「不會啊，我當然有興趣。可是說破案，她不是跳樓自殺嗎？怎麼現在又……」

這時候，渡瀨打開光崎親手寫的司法解剖報告。其後的ICP-MS分析結果，證明姬川雪繪砷中毒。

「砷這種毒物真是再方便也不過了。尤其是毒性強的無機砷是無臭無味的。明明是劇毒，卻被人輕易用在白蟻驅除劑和滅鼠藥中，所以很容易就拿得到。姬川巡查部長每次和情人幽會的時候，都被下一點毒。在咖啡店裡趁她離座時在飲料裡加入砷。因為量少又無臭無味，不會被發現。一次又一次下來，砷就漸漸在她體內累積，腐蝕內臟和器官。」

「好狠啊。不過她是自殺的啊。」

「她懷了對方的孩子。但是體內累積的毒素連子宮都不放過，發現了十五週大的胎兒是畸型兒。對她而言，這等於是被宣判死刑。她做完墮胎手術，回到宿舍就寫了遺書，第二天早上，從屋頂上跳樓。直接的死因是高處墜落造成的頭蓋骨骨折。然而，在那之前的殺人未遂是成立的。」

「真是可憐。」

「我們設法想查明這名男子的身分，但一直沒有進展。她住的是單身宿舍，不能帶男人進去。可能是防得很嚴吧，也沒有人看過她在工作之外與男人在一起。墮胎手術的同意書必須要有男方的簽名，我本來以為可以從這裡得到線索，不料她是超音波檢查發現胎兒是畸型兒而動的緊急手術，所以連簽名都沒有。」
檢視官短短嘆了一口氣。
「姬川巡查部長拚了命為男方掩飾啊。」
「大概是奉命這麼做吧。可是，無論再怎麼小心，畢竟是男女幽會。總不可能一根手指都不碰。所以我讓鑑識做了不少苦工。」
「苦工？」
「他們查過她每一件便服。然後總算找到了。在外出用的皮夾克上驗出了她本人以外的指紋。大概是攬住她的肩的時候，不小心留下的吧。我們從一開始就猜測男方是職場上的人。而檢視官，你也知道，所有警官的指紋全都登錄在案。所以一查馬上就查出來了。留在她皮夾克上的指紋就是你的啊，鷲見檢視官。」
那一瞬間，鷲見的臉色變了。
「鷲見檢視官，你現在正拚命在想對不對？在交通課服務的姬川巡查部長和身為檢視官的自己如果在職場外有接點的話，可能是什麼狀況？這一點你就不用擔心了。為了省下你找藉口的工夫，我們已經幫你查好了。也已經證明她拿掉的胎兒是你的孩子。」
「孩子早就拿掉了啊。」
「調查員雖然是在動了引產手術的第二天才趕到那家婦產科，但幸好胎兒還沒處理掉。所以我們立刻就採了樣。等一下也會跟你要樣本。一經DNA鑑定，你們父子就能相認了。」

「我拒絕。」

「這也沒關係。我忘了說，我們已經拿到了你家裡的搜索票。只要進了你的書房，那裡應該是落髮的寶庫吧。」

「就、就算我對她下了毒，她也是自己跳樓死的。」

「這如果要說是你失算呢，的確也是，不過，算是值得高興的失算吧。多虧她自殺，殺人降級成殺人未遂了。如何，開心嗎？」

然後渡瀨凶暴至極的那張臉步步往鷲見逼近。

「但是，你以為這樣就算了嗎？一進入住家搜索的那一刻，你的電腦當然也會被收押。鑑識和警察廳的虛擬犯罪對策課正摩拳擦掌，迫不及待呢。他們想要的就是你連日上縣警網站的證據啊，第二代『修正者』。」

渡瀨那粗粗的食指在鷲見的胸口敲了敲。鷲見個被釘死了一般動也不敢動。

「『並非所有的死亡都會進行解剖，這對我來說再好不過』，是嗎。那句話完全就是你的企圖。外遇不可能永遠圓滿。她懷孕了，是不是做出對你不利的要求呢？於是你便對姬川巡查部長一點一點下毒，計畫讓她最後中毒身亡。可是好不容易把她毒死了，只要一經司法解剖，很可能就會查出你的企圖。這時候你注意到二月和三月的『修正者』的留言。要是縣警管區內發生的非自然死亡全都送司法解剖會怎麼樣？最後預算和人力雙雙耗盡，縣警和各大學法醫學教室肯定無法正常運作。於是你就搭『修正者』的順風車，陸續在留言中提到一些奇特的資料。身為檢視官的你，要取得非自然死亡的詳細案情易如反掌。」

聽到這裡，真琴有種奇異的感覺：渡瀨簡直像早就猜到誰是凶手了。

鷲見可能有同樣的想法，看渡瀨的眼神開始露出懼色。

「不會吧？你早就懷疑我了？」

「第二個『修正者』留言提到的案子當然也包括你負責驗屍的案子在內，你以想了解解剖的稼動率為由去了浦和醫大好幾次。我就是從這裡開始覺得你的舉止有異。你最怕的恐怕是由光崎醫師執刀。總之就是要掌握縣內司法解剖系統當機的實況，同時繼續對她下毒，是不是？然後終於到了不可能再解剖的階段，正要對她下最後一次毒，她就選擇了自殺。對你來說應該是出乎意料，但我卻是在姬川巡查部長選擇了那種死法，才終於發現了你的最終目的。晚了一步啊。」

渡瀨抵住鷲見胸口的手指，直接刺穿般戳下去。

「這可不是一般的偽計業務妨害。罪狀和殺人未遂加在一起，法官他們的心證也會很差吧。無論如何，警察這份工作是保不住了。對小三下毒是事實，所以你還有社會上的制裁等著你。哎，真令人期待呀。總之，多虧你來這一趟，省了我不少工夫。這一點我得多謝你啊。喂，帶走。」

渡瀨一聲令下，待機的調查員抓住鷲見的雙手，拉他走。但鷲見本人似乎早已失去抵抗的氣力了。

「好，古手川。那個國中小鬼頭，可以放了。關這一次他也受到教訓了吧。」

「……好是好……」

「怎麼？看你那張臉，有什麼不滿嗎？」

往古手川一看，果然是一臉無趣的表情。

「結果，最後又被組長整碗端去了。」

「是你看人的眼光還不夠。」

「要怎麼樣才能有看人的眼光？」

「先成家定下來如何？有人一起生活，不管你想不想，都會培養出觀察力。」

下一瞬間，真琴的視線不由自主地和古手川對上。

PLP0054

希波克拉底的憂鬱
ヒポクラテスの憂鬱

作　者—中山七里
編　輯—黃煜智
譯　者—劉姿君
行銷企劃—張燕宜
封面繪者—遠藤拓人
排版設計—李宜芝

董 事 長—趙政岷
出 版 者—時報文化出版企業股份有限公司
108019台北市和平西路三段二四〇號四樓
發行專線／（02）2306-6842
讀者服務專線／0800-231-705、（02）2304-7103
讀者服務傳真／（02）2304-6858
郵撥／1934-4724時報文化出版公司
信箱／10899台北華江橋郵局第九十九信箱

時報悅讀網—www.readingtimes.com.tw
思潮線臉書—https://www.facebook.com/trendage
法律顧問—理律法律事務所 陳長文律師、李念祖律師
印　刷—勁達印刷有限公司
初版一刷—二〇一八年三月九日
初版三刷—二〇二二年六月三十日
定　價—新台幣三六〇元
（缺頁或破損的書，請寄回更換）

時報文化出版公司成立於一九七五年，
並於一九九九年股票上櫃公開發行，於二〇〇八年脫離中時集團非屬旺中，
以「尊重智慧與創意的文化事業」為信念。

希波克拉底的憂鬱 / 中山七里著. -- 初版. -- 臺北市 : 時報文化, 2018.03
面； 公分

譯自 : ヒポクラテスの憂鬱

ISBN 978-957-13-7327-0(平裝)

ISBN 978-957-13-7327-0
Printed in Taiwan